편하게 쓰는
나의 자서전

편하게 쓰는
나의 자서전

윤덕주 | 이성환 공저

제3장

이야기를
길어 올리는 방법

제4장

자서전
글쓰기의 기본

환영합니다

이 책은 자서전을 쓰려는 분을 위해 마련한 것입니다.

제목도 그러하니 지금 이 머리말을 읽는 사람은 분명 자서전 쓰기에 관심을 가진 분이리라 생각합니다.

이 책을 찾아내 지금 이 한 장을 펼쳐 읽는 것은 결코 쉬운 일이 아닙니다. 베스트셀러도 아니고 앞으로도 베스트셀러가 되기 어려운 분야의 책이기 때문입니다. 이 책으로 이끈 것은 오로지 당신의 자서전 쓰기에 대한 관심과 써보고 싶다는 열의입니다.

자서전 = 위인전, 자서전 = 정치인이나 기업인의 홍보물. 이러한 세상의 고정관념을 털어 버리고 나도 자서전을 써 볼까 하고 생각하다가 이 책을 찾게 되었을 것입니다.

자서전을 쓰는 일은 평범한 사람이라도 누구나 시도할 수 있고, 써 가면서 얻는 이익도 아주 큽니다. 그래서 일본 등 여러

선진국에서는 은퇴자의 건강과 문화생활을 위해 정부 차원에서 지원을 하면서까지 활성화에 앞장서고 있습니다. 그러나 우리나라는 자서전 쓰기를 제대로 가르치고 이끌어 줄 곳조차 많지 않은 게 현실입니다. 아쉬운 일입니다.

저는 20년 이상 글을 쓰고 책을 만들면서 여러 저자를 만났고 다양한 사람들의 글쓰기와 책 만들기를 도와 왔습니다. 그러면서 자신의 얘기를 책으로 남기고 싶다는 바람을 가진 사람이 의외로 많다는 것을 알게 되었습니다. 동시에 여러 부담감으로 인해 자서전 집필을 주저하는 분들이 많음을 보았고, 그러한 분들을 응원하기 위해 이 책을 쓰게 되었습니다.

자서전 쓰기에는 왕도가 없습니다. 왕도가 없다는 말은 지름길이 없다는 뜻이지만, 다른 시각으로 보면 정해진 길 또한 없다는 뜻으로 해석할 수도 있습니다. 예를 들어, 많은 강사들이 자서전 쓰기에 앞서 연대표를 만들 라고 가르치는데, 제 경험에 따르면 꼭 그렇게 시작하지 않아도 얼마든지 좋은 자서전을 쓸 수 있다고 생각합니다. 편지지 몇 장이 아니라 책 한 권 분량이라는 긴 글을 써야 한다는 데에서부터 무거운 부담을 느껴서 자서전을 포기하는 사람이 많은 현실에서 연대표 쓰기를 강조하는 것은 외국어를 배우려면 무조건 문법부터 외우라고 지도하는 것처럼 고전적 방법의 답습이 아닌가 싶습니다.

그보다는 자서전 쓰기라는 막막한 일을 보다 가볍고 친근감 있게 느낄 수 있도록, 마음대로 편하게 써도 된다는 것을 우선 알려 주어야 한다고 생각했습니다. 단단한 각오를 다지고 시작해야만 하는 일이 아니라는 점을 말해 주고 싶었습니다.

그 어떤 요령도 내 마음속에 자리한 자서전을 쓰고 싶다는 의욕보다 나은 것은 없습니다. 자서전 쓰기를 가르친다면, 이러저러한 글쓰기 규칙 보다 그 의욕이 사라지지 않도록 이끄는 데 목표를 두어야 할 것입니다. 그 관심과 의욕을 잃지 않는 한 자서전은 반드시 완성될 것이고, 자식의 자식들의 자식에까지 유산으로 남을 것입니다. 후대까지 당신의 존재를 증언하고, 당신이 얻은 삶의 지혜를 전할 자서전이 이 책을 읽음으로써 써질 것이라고 기대합니다.

인생의 중요한 숙제임과 동시에 즐거움이 될 자서전 쓰기, 그 문을 두드리는 당신에게 문을 활짝 열어 환영합니다.

이 책보다 당신의 자서전이 훨씬 중요합니다

미루고 포기하지 않는 한, 당신의 자서전은 완성될 것입니다. 하지만 긴 여정에는 말동무도 필요한 법이죠. 잠깐 길동무가 될 수도 있으리라는 마음으로 나름의 경험을 살려 자서전을 써 나아가는 데 도움이 될 얘기들을 정리했습니다.

이해하기 쉽고 실천하기도 어렵지 않을 테지만 정통적인 글쓰기와는 다소 차이가 있다고 느낄지도 모르겠습니다. 특히 저는 글쓰기 자체보다 각자의 마음속에 담긴 이야기를 길어 올리는 방법에 대해 많은 부분을 할애하여 설명하고자 했습니다. 쓸이야기가 있다면 긴 글을 써야 한다는 건 전혀 부담 거리가 되지 않을 것이기 때문입니다.

만약 서점에서 이 책을 펼쳐 보고 있다면, 목차도 보고 내용도 조금씩 더 읽어 보면서 자신의 자서전 쓰기에 도움이 될 책인지 찬찬히 살펴보시기 바랍니다. 행여라도, 이 책을 보니 자서전 쓰기가 오히려 부담스러워졌다면 이 책을 사지 않아도 좋습니다. 아니, 사서는 안 됩니다.

이 책이 팔리는 대신 누군가가 자서전 쓰기를 중도에 포기하여 어떤 분의 자서전 하나가 세상에서 사라진다면, 그것은 말그대로 사회적 손실입니다. 이 책의 판매보다 이제부터 당신이 쓸 자서전이 더 중요합니다.

이 책의 목표는 자서전의 완성에 있지 글쓰기 공부에 있지 않습니다. 그래서 자서전이 아닌 다른 글쓰기에 대해서는 다루지 않습니다. 조금이라도 편하게 자서전을 쓸 수 있는 방안에 대해서만 집중하여 설명하고자 했습니다. 자서전 쓰기는 문법적으로 틀림이 없는 문장을 쓰는 일이 아니라 나의 인생을 담는 데 참 목적이 있기 때문입니다.

거기에 더하여, 자서전 집필을 마친 다음의 목표인 출판을 위해, 출판 비용이나 절차 등 실용성 있는 정보를 되도록 솔직하게 정리해 두었습니다.

조금이라도 글쓰기에 대한 의욕을 북돋고 자서전 완성에 한 걸음이라도 더 가까이 갈 수 있도록 이끌어 줄 내용을 한 줄이라도 찾아내 활용해 주신다면, 저자로서 큰 보람과 기쁨을 느낄 것 같습니다.

이 책을 찾아내고 지금 이 페이지를 읽고 있는 당신이
자서전 쓰기를 통해 어떤 즐거움과 이익을 얻을지,
어떤 인생의 전환점을 만들지,
기대하는 마음으로 재차 환영과 응원의 박수를 보냅니다.

1장

편하게 쓰는
나의 자서전

- 대단한 사람이라야
  자서전을 쓰는 것은 아닙니다

- 내려놓고 편하게

- 동네 마실 나온 마음으로

- 못 썼다고 탓할 사람은 없습니다

- 작가는 어렵지만 글쓰기는 쉽습니다

- 눈치 볼 것 없습니다

- 쓸 얘기가 없는 인생은 없습니다

- 글로 남길 의미가 있을까?

- 무엇을 쓰든 자유입니다

대단한 사람이라야
자서전을 쓰는 것은 아닙니다

자서전이 무엇인지 모르는 사람은 없겠지만, 시작하는 마당이니 가볍게 짚어볼까 합니다.

자서전을 사전에서 찾아보면 "작자 자신의 일생을 소재로 스스로 짓거나, 남에게 구술하여 쓰게 한 전기."라고 나옵니다.

"스스로 짓거나, 남에게 구술하여"라고 함은 자신이 직접 쓰지 않아도 된다는 말입니다. 또한 "일생을 소재로"라고 되어 있습니다. 여기서는 "소재로"라는 부분에 주목할 필요가 있습니다. '일생만 가지고 쓴다'가 아니라 '소재로 삼는다'고 하는 뜻은 보다 폭넓은 범위의 글을 자서전의 범주에 넣을 수 있음을 의미합니다. 즉, 어려서부터 지금까지 살아온 모든 과정을 역사책 쓰듯 쓰지 않아도 된다는 뜻입니다.

이를 바탕으로 자서전을 간략하게 재정리해 보자면, '나에 대해 쓴 글'이라는 뜻이 될 것입니다. 내 인생의 전반에 대해 써도 좋지만 내가 한때 기르던 반려동물에 관해 써도 나에 대해 쓴 글이니까 자서전의 한 형태가 될 수 있습니다. 그러므로 자서전을 쓸 때, 쓰고 싶은 내용을 보다 자유롭게 선택해 써도 좋을 것입니다.

직접 쓰는 편을 추천하지만, 상황에 따라서는 가족 등 다른 사람의 도움을 받아 쓰기 시작해도 괜찮습니다.

자서전이라고 하면 뭔가 거창한 느낌이 들지만, 따지고 보면 그렇지만도 않습니다. 보통 사람들도 취미 삼아 얼마든지 시도해 볼 수 있는 것이 자서전 쓰기입니다.

내려놓고 편하게

간혹 '당신도 작가가 될 수 있다', '책을 써서 출판하면 인세 수입까지 챙길 수 있다'라는 식으로 광고하는 곳을 볼 수 있습니다.

작가란 자격증이 필요하거나 책을 내야만 얻을 수 있는 타이틀이 아니므로 글을 쓰는 누구나 작가라고 할 수 있을 것입니다. 따라서 '당신도 작가가 될 수 있다'라는 말이 틀렸다고 하기는 어려울 것 같습니다.

그러나 '책을 써서 출판하면 인세 수입까지 챙길 수 있다'라는 광고에는 분명 오해의 소지가 있습니다. 글을 쓰기만 하면 누구나 책으로 내고 수익도 얻을 수 있는 것처럼 착각할 수 있기 때문입니다.

분명히 말하지만, 유명하지 않은 사람이 쓴 글이 책으로 나오고 더군다나 수익을 얻을 수 있는 확률은 아주 낮습니다. 비유하자면 로또 3등에 당첨될 확률보다 조금 나은 정도라고 할 수 있습니다.

글쓰기를 가르치는 곳은 학원일뿐이지 출판사가 아닙니다. 뭐라고 돌려 얘기하든, 출판사에 책을 내라마라 영향력을 발휘할 위치가 아닙니다. 글쓰기를 가르치는 곳(학원)은 학생에게서 돈을 받지만 출판사는 돈을 투자하여 책을 내는 입장입니다. 책을 팔아 수익을 내야 하는 출판사에서는 설령 글이 뛰어나다고 해도 무명 작가의 책은 쉽게 내려 들지 않습니다.

서점에 직접 나가서, 유명하지 않은 보통 사람이 낸 책이 과연 잘 팔리는지 확인해 보면 이내 허실을 파악할 수 있을 것입니다. 잘 팔리기는 고사하고 서점 어디서도 유명인 아닌 보통 사람이 쓴 책을 찾기조차 어려운 것이 현실입니다.

그런 현실을 감추고 누구든 책만 쓰면 출판은 어렵지 않은 양 말하는 것은 유인책에 불과합니다. 만약 작가니 인세 수익이니 하고 번드르르한 말을 내세우는 학원이 있다면 그런 곳은 거르는 것이 현명합니다. 보통 사람이 책을 내려면 오히려 자기 돈을 내고 만들어야 한다고 솔직하게 가르치는 곳이 좋습니다.

글을 쓰고 출판하여 인세를 받는 건 아주 어려운 일이라는 현실을 굳이 거론하는 까닭은 '기를 죽이기' 위해서가 아닙니다. 그 반대입니다. '책으로 내서 팔아야겠다'는 불확실하고도 불필요한 요소를 일치감치 제쳐 버리고 가벼운 마음으로 오롯이 자서전 쓰기에 전념할 수 있기를 바라기 때문입니다.

'책으로 낸다면 내 돈으로 내겠다. 그러니까 내 맘대로 쓰겠다' 이렇게 생각을 바꿔 보십시오. 남들이 못한 특별한 경험을 꾸며 쓰지 않아도 되고, 감동이나 재미를 자아내려고 애쓸 필요도 없습니다. 게다가 책이 아니래도 자서전을 남길 수 있는 방법 또한 여러 가지가 있습니다.

'이런 글, 이런 얘기로는 안 될 거 같다.'

'글쓰기나 출판에 대해 제대로 배운 적도 없는데 내가 자서전을 쓸 수 있을까?'

'원고지 500매 이상은 써야 책이 된다고 들었는데, 그렇게 많이 쓸 수 있을지 모르겠다.'

'제대로 문법에 맞게 썼는지 자신이 없다.'

'무슨 거창하게 자서전을 쓰냐고 남들이 코웃음 칠 거 같다.'

이런 생각은 내려놓아도 좋습니다. 그런 것들만 내려놓으면 누구나 자서전을 쓸 수 있습니다. 우리 자서전은 나 자신을 위해 쓰는 글입니다. 내 인생을 되돌아볼 기회이고, 자손들에게 나의 삶을 통해 한 마디 남길 수 있는 거의 유일한 방법입니다.

🖋 동네 마실 나온 마음으로

지나간 삶을 돌아보며 무언가 남기고 싶기는 한데, '내가 자서전 같은 걸 쓸 수 있을까?' 하고 막막함을 느끼는 사람이 많을 것입니다. 글을 시작하려고 앉았더니, '이제부터 올라가야 할 지하철의 가파른 계단을 올려다보는 듯한 느낌이 들었다'는 분도 있습니다.

당연합니다. 전문적인 작가라고 해도 펜을 들었을 때 부담감을 느끼지 않는 사람은 없다고 해도 과언이 아니니까요. 더구나 자서전 정도 되면 누구나 어렵게 다가올 수밖에 없습니다.

그렇게 부담스럽고 어려워 보이는 이유는, 우선 그 분량 때문일 것입니다. 편지 몇 장 쓰는 것이라면 가벼운 마음으로 펜을 들어 보겠지만, 그보다 훨씬 많은 글을 써야만 한다고 생각하면 주저하는 마음이 들기 마련입니다.

번듯한 책으로 만들려면 어느 정도 분량의 글을 써야 하는 것은 사실입니다. 사람들이 흔히 떠올리는 책의 크기나 두께가 있기 때문입니다. 출판계에서는 보통 200자 원고지로 400~500매 이상, A4지에 손글씨로 쓴다면 200매 이상은 써야 일반적인 책 분량이 된다고 말합니다.

(참고로 이 책의 원고량은 부록을 제외하고 200자 원고지 약 450매입니다)

수백 장이나 글을 써야 한다고 하면 누구나 부담을 느끼기 마련이지만, 오히려 전문작가가 아니기 때문에 누릴 수 있는 이점이 있음을 안다면 그 부담감이 쑥 내려갈 것입니다.

먼저 팔려는 책으로 만들지 않아도 된다는 점입니다. 책을 내서 돈을 벌겠다는 비현실적인 목표를 빼버린다면 통상적인 출판의 기준에 맞게 글을 써야 할 이유도 없어집니다. 숙제 하듯이 몇 장 이상은 써야 하다는 압박을 느끼면서 글을 써야 할 까닭이 없습니다. 책이 아니래도 자서전을 남기기 위한 다른 방안이 있고, 책으로 내고자 할 때도 자기가 쓴 원고에 따라 공동 출간 등 여러 방법을 궁리해 볼 수 있습니다. 원고 분량에 대한 걱정은 내려놓고 우선은 내키는 대로 시작하면 됩니다. 그렇게 가벼운 마음으로 쓰기 시작하면 의외로 탄력이 붙어서 수백 매 정도는 금방 쓸 수도 있을 것입니다.

또 하나 중요한 이점은 글을 서둘러 쓰거나 단숨에 써내지 않아도 된다는 점입니다. 출판사와 계약된 마감 날짜에 맞춰야만 하는 전문 작가가 40km가 넘는 코스를 전력으로 쉬지 않고 달려야만 하는 마라토너라면, 자서전을 쓰는 우리는 동네 한 바퀴 도는 산책에 나선 사람이나 마찬가지입니다.

동네 마실 나오면서 얼마나 많이 걸어야 할지 걱정하면서 나오는 분은 없지요. 잘 아는 내 동네를 다니는 일이니 길 잃을 걱정도 없고 만나 봐야 동네 사람이니 옷차림에도 크게 신경 쓰지 않아도 됩니다. 어디를 가든 얼마나 걷든 '다 내 마음대로'라는 것을 잘 알고 있으니 부담을 가질 거리가 하나도 없습니다.

우리는 늘 그렇게 별 부담 없이 산책을 다녀 왔습니다. 만약 그간 다녔던 거리를 다 합치면 얼마나 될까요? 아마 마라톤 풀코스의 수십 배가 되고도 남을 것입니다. 자서전 쓰기도 마찬가지입니다. 숨차게 뛰어다녀야 할 이유가 없는 동네 마실처럼 내키는 대로 조금씩 쓰면 됩니다.

우리가 쓸 자서전은 어렵게 머리를 짜내서 써야 하는 일이 아닙니다. 내가 살아온 얘기, 머릿속에 있는 얘기를 글로 옮기는 일은 내가 잘 아는 동네를 다니는 것과 똑같습니다. 마실 나온 것처럼 쉬엄쉬엄 쓰다 보면 시나브로 누가 봐도 번듯한 자서전의 분량이 됩니다.

자서전 쓰기는 꾹 참고 올라가야만 하는 지하철 계단 같은 것이 아닙니다. 부담감을 내려놓고 마음을 느긋하게 먹는다면 자서전 쓰기는 소소한 삶의 즐거움이 되어 줄 것입니다.

못 썼다고 탓할 사람은 없습니다

　자서전 분량이고 뭐고, 아무튼 글쓰기 자체가 부담스럽다는 분도 있습니다. 군대 간 아들에게 편지 한 장 쓰는 것이 힘들었다는 분도 있으니까요.

　충분히 이해할 수 있는 말입니다. 겸연쩍어 할 일도 아닙니다. 교육을 많이 받았다고 해도, 직장 생활을 오래 했다고 해도, 내 마음속의 얘기를 글로 옮겨본 경험을 가진 사람은 드물기 때문입니다. 우리는 남의 글을 읽고 남의 이야기를 듣는 데 대부분의 시간을 보냈고, 나의 인생과는 무관한 보고서 같은 것을 쓰는 데 신경을 쓰며 살았습니다.

　자서전의 기본형이라고 할 수 있는 수필은 기껏해야 초등학교나 중학교 시절 국어시간에나 잠깐 써 보았을 따름이지, 따로 배운 적도 없고 쓸 기회도 없던 분들이 대부분입니다. 자기 생각을 글로 표현하는 것이야말로 기본적인 공부인데도, 우리 교육은 그런 부분을 소홀히 다루어 온 것이 사실입니다. 학교에서 6년 이상 영어를 배웠는데도 해외에 나가면 영어를 쓸 엄두를 못 내는 것처럼, 무언가 읽고 쓰고 외웠지만 막상 자기 이야기를 글로 쓰는 데는 부담감만 느끼게 되는 것입니다.

그런데 친구와 얘기를 나누는 데에는 조금도 힘들어 하지 않는 사람들이 왜 글을 쓰려고 하면 주저주저 할까요?

따지고 보면 말이나 글이나 크게 다르지 않습니다. 소리로 이루어져 금방 사라지는 말을 남기고 전달하기 위해 글을 만든 것뿐이니까요. 그러니까 말하는 것처럼 글을 쓰면 되는 것입니다. 프랑스의 유명한 사상가이자 시인인 볼테르도 "말하는 것처럼 쓰라"고 충고한 바 있습니다.

원칙은 단순한데 막상 글을 쓰자면 역시 쉽게 펜이 나아가지 않기는 합니다. 우선 글에는 문법이나 문어체라는 일정한 형식이 있기 때문일 것 같습니다. 한글은 사실 은근 까다로운 문자입니다. 특히 띄어쓰기 같은 건 교정교열의 프로들도 늘 고민할 정도입니다. 말하는 것처럼 쓰려고 해도 글을 그렇게 편하게 쏟아낼 수는 없는 게 사실입니다.

그렇지만 우리의 자서전 쓰기는 직업적인 글쓰기와는 좀 다르다고 봅니다. 다양한 독자와 날카로운 비평에 노출되어야 하는 작가의 작품과 우리 자서전은 다릅니다.

친구와 얘기를 나눌 때, 문법이 틀린 말이 나올까봐 주저하거나 사투리 억양을 지적받을까봐 걱정스러워 입을 다물어 버리는 사람은 없습니다. 우리는 카메라 앞에 선 아나운서가 아니니까요. 마찬가지입니다. 자서전 쓰기는 친구나 가족에게 얘기하는 것과 같습니다. 우리가 쓸 자서전은 결국 우리가 아는 사람들이 읽을 글입니다. 아이가 크레용으로 "엄마 아빠"라고 삐뚤삐뚤 써 가지고 왔을 때, '왜 이리 글씨를 못 썼어!'라고 지적할 부모가 있을까요? 남이라면 그럴 수도 있겠지만, 부모나 가족이라면 아이의 글씨가 오히려 귀엽게 보였을 것입니다.

친구와 가족이 이제까지 당신이 말할 때마다 목소리를 지적하고 문법을 지적하지 않은 것처럼, 글에 대해서도 그렇게 까다로운 눈으로 읽지 않을 것이라고 장담할 수 있습니다. 우리 엄마 우리 아빠, 혹은 우리 할아버지 할머니의 문장을 그리 타박할 까닭이 없습니다.

개인적인 소감을 덧붙이자면, 직업상 많은 책과 글을 읽어 왔지만 이제까지 가장 마음을 움직였던 글은 군대에서 받았던 어머니의 짧은 편지였습니다.

글 재주 글 실력, 이런 것보다 내 가족 내 친구를 마음에 두고 쓰면 됩니다. 우리 자서전은 그것으로 충분합니다. 우리의 독자는 글의 형식이 아니라 거기 담긴 마음을 읽을 수 있는 사람들임을 믿고 쓰십시오.

자서전을 쓰기 위해 앉았다면, 멋진 문장 올바른 문장을 쓰는 데 신경 쓰기 보다는 어떤 얘기를 들려줄까를 고민하는 편이 옳은 방향입니다.

✏️ 작가는 어렵지만 글쓰기는 쉽습니다

행복한 삶을 살기 위한 비결로, '남과 비교하지 말라'는 말을 이미 많이 들은 바 있으리라 생각합니다. 남들에게 부끄럽지 않은 글을 쓰고 싶다는 생각에 자서전 쓰기의 문턱에서 주저하고 있는 분들에게도 이 말은 꼭 필요한 조언입니다.

우리가 읽는 글은 글쓰기가 직업인 사람의 것인 경우가 많습니다. 책을 읽는다면, 그것은 작가 혼자의 작업이 아니라 전문적으로 책을 만들어 주는 사람의 손길까지 더해진 결과물입니다. 책에 실릴 글은 어느 정도의 수준을 갖춰야만 합니다. 그것이 돈을 주고 책을 산 독자에 대한 예의라고 할 수 있습니다. 그런 수준까지의 글을 직업적으로 쓸 수 있는 작가가 되기란 쉬운 일이 아닙니다.

그러나 꼭 그러한 수준까지 올라야 글 쓸 자격이 있는 것은 아닙니다. 돈을 내고 사 보는 상품으로서의 책에 실린 글과 주변 사람과 함께 보기 위해 쓴 글의 수준을 굳이 비교할 필요는 없습니다. 그것은 할리우드 영화와 아이들 학예회를 비교하는 일과 같을지도 모릅니다. 객관적으로 따지면 비교를 시도하는 일만으로도 비웃음을 사겠지만, 그것이 내 아이의 학예회라면 어떤 영화나 공연보다 더 재밌고 감동적일 수 있습니다. 애초에 그 둘은 비교할 대상이 아닌 것입니다.

이왕이면 좋은 글, 멋진 글을 쓰고 싶다는 생각은 참으로 바람직합니다. 하지만 기존 책과 비교하느라고 내 글 쓰기를 주저하고 있다면, 그것은 어리석은 일입니다. 남의 글과 비교할 것 없습니다. 듣는 사람 없이, 혼자 노래방에 와서 좋아하는 노래를 한껏 부르는 거라고 생각해도 좋습니다.

남의 글과 비교하지 않을 때, 글쓰기는 한결 쉬워질 것이고, 자서전 쓰기는 행복한 시간이 될 것입니다.

눈치 볼 것 없습니다

사람이 산다는 것, 인생이란 것은, 따지고 보면 9할 이상이 또 다른 사람과의 얽힘입니다. 기쁜 일도 슬픈 일도 힘든 일도, 모두 누군가와 연관이 있기 마련입니다. 심지어 산속에서 혼자 사는 사람이라고 해도 세상에 태어난 이상 부모와 또다른 누군가와 연관이 있을 수밖에 없습니다.

자서전을 쓰려고 하는데, 혹은 쓰는 도중에, 나와 관련된 사람들, 친인척 등 다른 주변 사람이 마음에 걸리는 시기에 맞닥뜨리기도 합니다. 내 자서전에 등장하는 사람이 오래 전 돌아가신 누구라면 괜찮지만, 아직도 어딘가에서 살고 있을 동료나 동창, 친척이라면 신경이 아주 안 쓰일 수도 없는 법입니다.

'그 사람들이 내 글을 보면 어떻게 생각할까? 이렇게 쓰면 나쁜 사람처럼 보이는 거 아닌가?' 등을 고민하다보면 글이 막히게 됩니다.

살다보면 갈등도 있기 마련입니다. 한 가지 사건이라고 해도, 보고 느끼는 것은 각자 입장에 따라 다를 수 있습니다. 인생을 돌아보며 글로 정리를 하려다 보면 이런저런 일과 거기에 연관된 여러 사람이 머리에 떠오르기 마련입니다. 까맣게 잊은 줄 알았던 과거의 일이 갑자기 떠올라서 가슴에 턱 하고 걸리는 기억이 있기도 합니다.

그런 부분에 대해 고민하다 고민하다, '그냥 다 빼버리자' 하는 결론에 도달할 수도 있을 것입니다. 내 마음속으로도 깔끔하게 정리되지 않는 부분, 글로 남기기에 영 곤란한 부분은 생략하고 넘어가는 것도 나쁘지만은 않습니다.

그렇지만 인생이란 내가 아는 사람들과 얽혀 살아간 얘기입니다. 이런 것 저런 것 다 빼 버리고 자서전을 쓴다면 과연 무슨 얘기가 남을까요. 간혹 자기 자랑과 변명으로 채워진 자서전을 보기도 합니다. 그런 자서전은 저자가 아무리 유명한 인물이라고 해도 별 의미 없는 홍보 책자에 불과하다고 해도 지나친 말이 아닐 것입니다.

빼 버리면 그로써 끝난다고 장담할 수도 없습니다. 빼 버리면 뺐다고—무시 당했다고 섭섭해 할 사람이 있을 수 있고, 감추려 한다고 백안시 하는 사람도 있을 수 있습니다.

쓰기도 어렵고 빼기도 어렵다, 그러면 대체 어떻게 써야 누가 읽더라도 무난한 자서전이 될 수 있을까요? 어찌 써야 누가 봐도 객관적이라고 인정해 줄까요? 유감스럽게도 그런 방법은 없습니다.

내가 직접 겪은 사실이라고 해도 그에 대해 달리 생각하는 사람은 얼마든지 있을 수 있음을 인정해야 합니다. 누군가의 기억이 잘못 되었을 수도 있고, 각자의 입장이 달라서 그럴 수도 있습니다. 이유가 무엇이든, 나의 글을 보고서 '난 그렇게 생각하지 않는다'고 말하고 싶은 사람이 단 한 사람도 없기는 어려운 법입니다.

'나와는 다르게 기억하는 사람, 다르게 보는 사람이 있을 수 있다', 그 사실을 인정하는 것으로 시작하면 됩니다. 그것을 인정하면서, 거짓 없이 쓰는 것이 가장 정답에 가깝습니다. 용서 받아야 할 일이 있으면 사과하는 마음을 담고, 섭섭한 일이 있었다면 섭섭했다고 쓰면 되는 것입니다.

"비둘기는 바람의 저항이 없는 곳에서 더 잘 날 수 있을 것 같지만, 오히려 그 저항 때문에 힘이 들다고 느낄 때 더 잘 날 수 있다"라고 말한 사람이 있습니다. 독일의 유명한 철학자 칸트의 말입니다.

내 인생의 어떤 시점, 어떤 사건이 남에게 어떻게 받아들여질지 걱정하고, 남에게 상처를 주지 않을까 염려하는 과정이 있을 때 우리 자서전은 오히려 충실해지고, 글을 쓰는 의미가 더 커질 것입니다. 그로써 얻어지는 치유와 화해는 자서전 쓰기를 통해 얻을 수 있는 이점 중 하나이기도 합니다. 그러나 회고에 빠져서 자책하거나 남의 눈치를 보면서 쓰는 것은 바람직하다고 할 수 없습니다. 필요한 것은 과거를 직시하는 일이지 남의 눈치를 보는 일이 아닙니다.

쓸 얘기가 없는 인생은 없습니다

자서전을 한번 써 보시라고 권유하면, '나 같은 사람이 쓸 게 뭐가 있다고'라고 대답하는 분들이 있습니다.

"난 그냥 중매로 결혼해서 애들 치다꺼리 남편 치다꺼리 하다 보니 이 나이가 되었어. 재미없어. 누가 읽어 주겠어."

"남들처럼 사업을 한 것도 아니고, 그럭저럭 회사 다니다 물러나고, 애들도 고만고만하게 커 주었고. 글쎄, 나한테 쓸 얘기가 있을라나."

무리는 아닙니다. 대부분의 사람은 위인전 속의 인물들과는 달리 굴곡이 적은 잔잔한 삶을 살아가니까요.

지금 소개하는 사람은 어떨까요.

형제는 많지만 평범한 가정에서 태어나, 공부를 좋아하는 모범생으로 자랐다. 연애도 변변히 못해 봐서 평생 독신으로 살았을 정도. 별다른 취미도 없었는데, 심지어 자기 고향을 떠나 멀리 여행한 적조차 없었다. 그렇게 살다가 79세로 세상을 떠났다.

연애는 물론이고 여행 한번 제대로 해본 적 없는 사람. 이런 심심한 인생이 또 있을까요? 이런 사람의 인생에 대해 쓰면 쓸 거리가 무엇이 있을까 싶습니다.

실제로 그런 사람이 있기나 하냐고 묻는다면, 이름을 알려 드리겠습니다. 이 사람의 이름은 임마누엘 칸트입니다. 근현대 철학에 엄청난 영향을 준, 각종 에피소드를 역사에 남긴 그 유명한 칸트 말입니다. 심심하기 그지없어 보이는 인생을 보낸 칸트이지만, 본인이 쓴 책은 물론이고 그의 인생과 사상에 대해 쓴 책은 세계에 수도 없이 많이 나와 있습니다.

칸트의 삶에서 본 것처럼, 어떤 위인의 인생이라도 몇 줄로 정리하려 들면 간단히 정리됩니다. 제3자가 멀찍이 바라보면 어떤 사람의 인생이라도 단순하고 심심해 보이기 마련입니다. 높은 건물에서 사람들을 내려다 볼 때 아무 개성도 느낄 수 없는 것처럼 말입니다.

알고 보니 진짜 아버지는 재벌 회장님이었다는 드라마와 같은 삶, 파란만장하고 흥미진진한 사건이 이어지는 인생은 결코 흔하지 않습니다. 아니, 살아 보면 그런 드라마틱한 삶은 사양하고 싶어지는 게 솔직한 마음일 것입니다.

그렇지만, 정말로 우리의 인생을 '○○○○년 ○월 ○일 출생, ○○○○년 ○월 ○일 사망'이라는 한 줄로 정리해 버려도 되는 것일까요?

우리가 별로 할 말이 없다, 쓸거리가 없을 거 같다고 생각해 버리는 이유는, 자서전을 사건 위주로 써야 한다는 편견 탓일지도 모릅니다.

역사책을 쓰듯이 자서전에 우리가 살아온 시간들을 상세히 기록하는 것도 좋습니다. 자서전의 기본이기도 합니다. 하지만 자서전은 역사책이나 신문이 아닙니다. 단순하게 사실을 적는데 그쳐서는 자서전으로서의 의미가 없습니다.

○○○○년 ○월 ○○일 토요일. 날씨 맑음.

○○예식장에서 결혼을 했다. 주례는 은사이신 ○○○ 교수님이

해 주셨다. 하객은 예상 외로 많이 왔다.

있었던 일을 사례로 써 보았습니다. 이 정도는 조금만 기억을
더듬으면 누구나 쓸 수 있습니다. 있었던 사실이니까요. 그러나
무미건조합니다. 얼핏 더 쓸 얘기도 없는 것처럼 보입니다. 여
기서 멈추면 실제로 무미건조한 메모에 그치게 됩니다. 그런데
여기서 한 발만 더 나아가면 자서전이 시작됩니다. 간단한 사실
을 떠올린 후 나의 생각과 기억, 감정을 덧붙이기 시작하면 되
는 것입니다.

시작해 보면 전혀 어렵지 않습니다. 결혼식을 한 날짜, 결혼
식장의 이름을 일단 써 놓고 보면 애쓰지 않아도 저절로 여러
기억이 떠오르기 마련입니다.

한복을 입고 나와 하객을 맞으시던 어머니 모습, 모처럼 잘
차려 입고 나온 친구들 모습, 입장할 때 실수하지나 않을까 떨
리던 마음 등등.

우리가 자서전에 담아야 할 것은, 단순한 사실의 기록을 넘어
그 시간에 느꼈던 감정과 생각입니다. 한낱 TV드라마를 보면
서도 울고 웃는 것이 사람입니다. 아무리 평탄한 삶을 살았다고
해도, 돌이켜보면 고민 하다가 밤을 세운 날들이 하루 이틀이

아니었을 것입니다. 그렇게 살아왔는데 쓸 애기가 없을 리 없습니다.

'자서전에 쓸 게 뭐 있을까?' 하고 진지하게 생각해 보면 금방 깨달을 것입니다. 수없이 많은 밥상을 차리면서도 하루도 같은 날이 없었다는 것, 다람쥐 쳇바퀴 도는 듯한 회사생활이었지만 그 속에는 나름의 희로애락이 있었음을 말입니다. 같은 일을 한 것 같아도 기계가 아닌 우리는 항상 다른 날을 살아왔을 터입니다.

하물며 정말로 우리가 밥상만 차리고 회사 출퇴근만 하고 살았던 것도 아닙니다. 자랑하고 싶은 일도 이루었고, 때로는 감추고 싶은 일도 겪었을 것입니다.

"〇월 〇〇일 첫 아이 출생."

남들에게는 몇 글자에 불과하겠지만, 이런 간단한 메모조차 나에게는 수많은 감정과 추억을 퍼올리는 두레박이 될 수 있습니다.

처음에는 기억이 잘 안 나고 막막하기도 할 것입니다. 하지만 자서전을 시작하기 전에는 쓸 게 없을까봐 걱정하던 분이 막상 쓰기 시작하자, 여러 애기들이 떠올라서 뭐부터 써야 할지 모르겠다는 걱정으로 바뀌는 사례를 많이 보아왔습니다. 일단 물꼬가 트이면 기억과 감정이 꼬리에 꼬리를 물고 떠오르기 때문입니다. 단언하는데, 쓸 애기가 없는 인생은 없습니다.

글로 남길 의미가 있을까?

전쟁과 식민지 시대를 정면으로 겪은 분들이 아직 있으시지만, 우리 대부분은 그 정도로 극적인 역사를 겪지는 않았습니다. 그래서 그런지 '평범한 삶이었다'고 회고하는 경우가 많습니다.

그런 평범한 인생에 대해 굳이 글로 써서 남겨 둘 이유가 있을까? 라는 질문을 스스로에게 던져 보는 분들이 적지 않으리라 생각합니다.

그러나 실제로 돌아보면, 하루 아침에 국가가 부도 위기에 빠져 IMF구제금융을 받는 상황을 봤는가 하면, 전화기조차 드물던 시대에서 느닷없이 나타난 인터넷이라는 기술로 세상이 바뀌는 것을 체험하기도 했습니다. 또한 〈코로나19〉 때문에 온 세계가 순식간에 마비되는 전대미문의 상황도 목격했습니다.

누구나 모든 파도를 헤치고 나와 뒤를 돌아보면 별일 아니었던 것 같은 느낌이 들기 마련입니다. 그러나 객관적으로 따져도 우리가 살아온 시대는 결코 심심하고 무난한 시간은 아니었습니다. 그런 시대를 산 우리의 인생 또한 나름대로 파란만장한 부분이 있기 마련입니다.

무엇보다도, 지금 우리에겐 평범한 일인 것 같지만, 나중에 우리가 쓴 글을 읽게 될 자녀와 그 이후의 후손들에겐 그 '평범한 일'이 전혀 평범하지 않을 수 있음을 알아야 합니다. 시대의 변화는 너무나 빨랐고, 그 변화의 속도는 앞으로도 줄어들 것 같지 않기 때문입니다.

예를 들어, 우리가 서울에서조차 흔하게 봤던 제비가 지금은 보호야생동물로 지정될 정도로 귀한 새가 되었다는 것을 아시는지요. 그 넓은 서울을 다 뒤져보았는데 고작 650마리 밖에 남지 않았다고 합니다. 이것도 2015년 조사의 결과니까 지금은 더 줄어 든 상태일지도 모르겠습니다. 지금은 너무나 흔하고, 심지어 '닭둘기'라고 비웃음을 사는 비둘기들이 수 십 년 후에는 보호동물이 될지도 모를 일입니다.

평민들이 생활 속에서 사용하던 막사발이 엄청나게 비싼 골동품이 되기도 하는 것처럼, 지금 우리로서는 당연하고, 그래서 심심해 보이고 의미 없어 보이는 얘기들이 나중에는 흥미롭고 소중한 자료가 될 수도 있습니다.

우리가 쓰는 자서전의 독자는, 지금 우리가 사는 시대와는 다른 시대를 사는 사람들이라는 점을 잊지 마십시오. 우리의 자서전은 분명하고도 충분한 가치가 있을 것입니다.

무엇을 쓰든 자유입니다

자서전이라고 해서 꼭 지나간 자기 인생에 대해 쓸 필요는 없습니다. 어떤 주제로 쓸지는 전적으로 자기 마음에 달려 있습니다. 일본에서는 오랜 기간 쓴 가계부를 정리해서 책으로 출판한 경우가 있고, 그 또한 자서전의 범주에 넣고 있을 정도입니다.

그간 만났던 반려동물에 대해 글을 쓸 수도 있습니다. 아기 때부터 '무지개다리'를 건널 때까지를 차분하게 추억해도 좋고, 기르면서 느꼈던 여러 감정에 사진을 더해 남겨도 좋고, 반려동물을 기르면서 얻은 여러 지식을 더해 놓아도 좋은 자서전이 될 수 있습니다.

이제까지 다녔던 산에 대해 쓰는 것도 좋습니다. 유명한 산을 많이 다녔다면 다양한 풍광을 담을 수 있을 테고, 가까운 산에 자주 다녔을 뿐이라도 평범한 산의 작은 변화를 담아 전할 수 있을 것입니다. 산행에 동행했던 친구들 얘기를 곁들여도 좋을 테고, 지질학이나 식물에 관심이 있는 분이라면 그에 관련한 지식을 피력하는 공간으로 삼아도 좋겠지요.

정말로 삼시 세끼 밥 하느라 인생 다 보냈다는 분이라면, 내친 김에 나만의 요리법을 정리해 보는 것도 의미가 있을지 모릅니다. 핸드폰의 카메라를 활용하면 나름 괜찮은 요리책을 만드는 것도 어려운 일만은 아닐 것입니다. 요리법을 쓰자면 필시 '이 요리는 ○○가 정말 좋아했지', '이건 ○○에게서 배웠지' 하는 생각도 떠오를 테고, 그런 얘기를 곁들여 놓으면 각별한 자서전이 될 수 있습니다.

제가 출간을 도운 분들의 사례를 들자면, 자손들이 꼭 알아두었으면 하는 각종 지식을 한데 모아서 책으로 낸 분이 있었습니다. 굳이 자기 인생을 쓰는 대신에 교육·경제·도덕 등 다양한 분야를 망라해서 마치 백과사전의 축소판 같은 책을 만들어 냈습니다. 은퇴 후에 자신의 건강을 위해 취미 삼아 공부한 자연의학을 나름대로 정리하여 가족과 후손을 위한 책으로 남긴 분도 있었습니다.

자기의 경험이 아니라 아직 하지 않은 일로도 자서전을 쓸 수 있습니다. 앞으로 꼭 하고 싶은 일, 꼭 가고 싶은 곳, 꼭 만나고 싶은 사람, 이런 바람을 글로 옮겨도 그 또한 자서전이 됩니다. 왜 하고 싶고, 왜 가고 싶고, 왜 만나고 싶은지를 더하면 결국 내 삶의 기록이 되는 것입니다.

어디에서 시작을 하든, 무슨 얘기를 쓰든 간에, 우리는 우리의 얘기를 쓰지 않을 수가 없습니다. 무엇을 쓰든, 후에 그 글을 읽는 사람은 결국 나와 나의 인생을 떠올리게 될 것입니다.

　이렇게 써야 한다, 이 정도는 써야 한다는 고정관념은 내려놓고 자신감을 가지십시오. 누구나 자서전을 쓸 만큼의 인생이 있습니다. 그리고 누구나 자유롭게 그것을 담아낼 능력이 있습니다.

2장

자서전을 쓰면
얻을 수 있는 것들

- 작가에게 치매가 드문 이유

- 자서전 쓰기는 유익하고 멋진 취미

- 아름다운 유산

- 할아버지 할머니에 머물지 않기 위해

- 화해와 치유를 얻는 여정

- 다시 맛보는 보람

- 미래의 나를 만나는 길

- 자서전을 쓰면 잃는 것들

작가에게 치매가 드문 이유

늘 글을 쓰는 문인들에게는 치매가 적다는 것을 아시는지요. 치매를 막는 데 꾸준한 두뇌 활동이 좋다는 것은 널리 알려진 사실이고, 글을 쓰는 일이야말로 두뇌를 두루두루 활용하는 최고의 두뇌 운동이기 때문입니다. 글쓰기가 뇌의 전두엽을 자극하여 노화 방지에 좋다는 것은 여러 연구를 통해 밝혀진 바 있는데, 전두엽은 기억력, 사고력, 추리, 계획, 운동, 감정, 문제해결 등 고등정신작용을 담당하는 부분입니다.

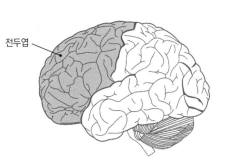

전두엽

파란색 부분이 전두엽. 사회성과 운동신경을 담당하므로 사람을 사람답게 해주는 핵심 부위라고 할 수 있다.

글쓰기가 뇌의 운동을 활발하게 해주기도 하지만, 글을 꾸준히 쓰다 보면 뇌의 이상을 사전에 감지하기 쉬워서 치매나 뇌졸

중 등을 조기 발견하는 데도 큰 도움이 된다는 것이 의학계의 정설입니다.

여기에, 자서전을 쓰는 것은 단순한 글쓰기 보다 치매 예방에 더 큰 효과를 가져옵니다. 우선 자서전을 쓰기 위해 과거 기억을 더듬다 보면 한 가지 기억에서 다른 생각으로 자연스럽게 의식이 흐르게 되는 데, 이러한 의식의 흐름은 명상과 마찬가지로 스트레스를 줄이는 데 큰 효과가 있다고 합니다.

뿐만 아니라 자서전을 쓰기 위해서는 다른 사람의 글도 읽어봐야 하고, 옛날 자료도 찾아봐야 하고, 때로는 추억의 장소에 가봐야 하기도 합니다. 목적 없이 그저 끼니나 챙기면서 하루를 보내는 것과는 달리 여러 활동을 더해야 할 필요가 생기는 것입니다. 그로써 두뇌 활동을 자극할 뿐 아니라 몸을 움직이도록 유도하는 효과까지 얻게 됩니다.

치매 예방에 좋다고 화투 놀이—고스톱을 하는 노인들이 계셨으나, 한 자리에 앉아서 반복된 놀이를 하는 것과 복합적인 두뇌 쓰기에 육체적 활동까지 유도하는 자서전 쓰기와는 그 차원이 다르다고 할 수 있습니다.

치매 예방에 좋은 글쓰기, 그런 글쓰기 중에서도 뚜렷한 목적을 갖고 창의적인 활동을 하게 되는 자서전 쓰기는 치매 방지를 비롯한 정신건강에 최고의 효과가 있다고 해도 지나치지 않을 것입니다.

자서전 쓰기는 유익하고 멋진 취미

일은 돈을 벌기 위해 하는 것이지만 취미는 인생을 위한 것이죠. 좋은 취미는 인생을 멋지게 만들어 줍니다. 특히 은퇴한 분이라면 남는 시간을 건실하게 보내기 위한 취미가 필수입니다.

등산 낚시 골프 등이 대표적인 취미라고 할 수 있는데, 재미도 있고 적절한 운동도 되기 때문에 분명 좋은 취미라고 할 수 있습니다. 하지만 매주 산에 올라봐도, 남은 게 뭔가 하고 돌아보면 좀 허무하기도 합니다. 핸드폰에 남은, 남들이 보면 어느 산인지도 구분하지 못할 산 사진이나 남아 있는 정도이니 말입니다. 낚시나 골프도 비슷합니다. 하고 있을 때는 즐겁고 때때로 성취감도 맛보지만 그때가 지나면 그뿐, 딱히 남은 것이 없다는 기분이 들고는 합니다.

그에 비해 자서전 쓰기는, 무엇보다도 내가 쓴 글이 남는다는 점이 다른 취미와는 크게 다른 부분이라고 할 수 있습니다. 시간 때우기를 넘어 무언가 배우고 무언가 남길 수 있는 유익한 취미인 것입니다.

유익할 뿐 아니라 멋있는 취미이기도 합니다. "뭐 하고 지내?"라고 친구가 물었을 때, "자서전 쓰고 있어"라고 대답하는 모습을 떠올려 봅시다. 대답하기가 약간 멋쩍을 수도 있지만, 예상하지 못한 답변에 질문 한 친구가 살짝 놀랄지도 모릅니다. '산에나 가끔 가'라고 대답했다면 '아, 그래'라고 끝날 대화가 갑자기 활기를 띠게 될 것입니다. "자서전을 쓴다고?" 하고 호기심에 찬 질문을 연이어 받게 될 수도 있겠지요. 관직에서 물러나 고향으로 돌아온 선비들이 글을 쓰고 시를 지었던 것처럼, 은퇴한 분이 글을 쓰는 것은 누가 봐도 품위 있는 취미라 할 것입니다.

골프채나 낚싯대 등 고가의 장비를 갖추거나 비싼 아웃도어 의류를 갖춰 입을 필요도 없으니 경제적이기까지 합니다. 경제적이면서 고급스러운 취미로서의 자서전 쓰기에 주목해 볼 필요가 있습니다.

 아름다운 유산

MBC가 방영한 〈사랑이 뭐길래〉라는 드라마를 지금도 기억

하는 분들이 적지 않을 것입니다. 우리나라에서는 1992년에 대히트했고, 나중에 중국 쪽에서도 엄청난 시청률을 기록한 명작 드라마입니다.

드라마 〈사랑이 뭐길래〉의 장면 모음.

이 드라마의 특징은 가족들이 모여서 식사하는 장면이 많다는 것입니다. 밥상을 두고 둘러 앉아 대발이 아버지(이순재 역)가 가족에게 집안 가장으로서 거침없이 의견을 내놓습니다. 다른 가족들 또한 식사 때 이런저런 대화를 나누기도 하죠. 밥상에서 얘기가 시작되어 밥상에서 끝나는 경우가 적지 않아 '밥상 드라마'라고 부르는 사람이 있을 정도였습니다.

그러나 요즘 드라마에서는 그런 모습을 보기 어렵습니다. 대발이 아버지 같은 가장이 요즘 시대에 맞지 않아서 그럴지도 모르지만, 무엇보다도 모든 가족이 모여 같이 식사하는 장면이 이제는 현실적으로 드물어졌기 때문이 아닐까 싶습니다. 학교니 회사니 해서 자식이나 부모나 각자의 스케줄이 있어서 한 자리에 모여 식사를 하는 일은 특별한 날에나 가능한 것이 되어 버리고 말았습니다.

어쩌다 가족이 다 모이는 식탁이 마련되었더라도 섣부르게 한 마디 꺼냈다가 아이들이 얼른 밥숟가락 놓고 일어나 버릴까 봐 걱정이 되어 얘기를 꺼내기가 쉽지 않습니다. "밥 먹는 데 그런 얘기를 꼭 밥상에서 해야 해요?"라는 핀잔을 들을 수도 있을 텐데, 생각해보면 그 말이 맞기도 합니다. 자녀들에게 꼭 해주고 싶은 말이 있다고 해도 식탁에서 해야 할 필요는 없을 테니 말입니다.

그렇다면 가족에게 해주고 싶은 말은 어떤 자리에서 꺼내야 좋을까요? 그런 대화를 나눌 수 있는 자리를 어찌 만들면 좋을지, 참으로 어려운 일이 되었습니다.

꼭 부모라서가 아니라, 앞서 인생을 살아온 선배로서 해주고 싶은 말이 없을 리 없습니다. 내 자식, 그리고 그 자식의 자식들에게 남겨 주고 싶은 말이 있을 수도 있습니다. 굳이 딱딱한 교훈이 아니라, 함께 나누고 싶은 추억도 있을 터입니다.

내 마음속에 있는 그런 얘기를 나눌 장소와 기회는 어디에 있는 것인지…. 많은 사람들이 입 꾹 다물고 함께 나눌 수 있는 좋은 얘기들을 가슴에 묻은 채 살고 있습니다.

가족이 한 자리에 모이기도 어려운 시대, 언제 말을 꺼내야 할지 가늠이 안 되는 상황들, 그런 현실이기 때문에 자서전은 중요합니다.

가족끼리 나눌 수 있는 교훈과 기억이 그대로 사라진다는 것은 너무 아쉬운 일입니다. 부모가 살아온 모습에 대해 더 많이 알고 싶고, 부모에게서 더 많은 얘기를 듣고 싶지만, 때를 놓쳐 버리고 후회하는 사람도 많습니다.

자서전이라는 형태로 남겨 둔다면 나의 아들딸 손자손녀들과 소중한 기억과 지혜를 나눌 수 있습니다. 내 글을 읽어 줄까? 하고 의구심을 품는 사람도 있을 테지만, 지금은 바쁘다고 눈도 안 마주치는 자녀일지라도 시간이 흐른 뒤에는 생각이 바뀌기 마련입니다.

자녀들의 생각이 바뀐다고 장담하는 이유는, 그 증거가 바로 지금의 여러분이기 때문입니다. 부모님이 지나온 삶의 자취, 부모님이 무심코 던졌던 말 한 마디가 마음에 사무치는 당신처럼, 당신의 자녀들 또한 나이를 먹어 그런 때를 맞게 됩니다.

당신의 얘기를 글로 남겨둔다면, 자녀와 후손들이 스스로 꺼내 그 글과 마주하게 되는 시간이 반드시 옵니다. 그 글을 읽으면서 그 속에서 당신을 만나고, 당신을 그리워하고, 글을 남겨 주었음을 고마워할 것입니다. 자서전처럼 아름다운 유산은 없습니다.

할아버지 할머니에 머물지 않기 위해

세상은 무척 빠르게 변하고 있습니다. 너무 빨라서 나이 든 사람은 쫓아가기 힘들 지경입니다. 나이가 들면 어느 정도 시대에 뒤떨어질 수밖에 없다는 부분도 인정하지 않을 수 없습니다. 그렇지만 지혜로운 사람은 잘 알고 있습니다. 사람 사는 세상의 진리나 교훈은 예나 지금이나 다르지 않다는 것을 말입니다.

누구나 자신의 삶을 통해 얻은 교훈을 자손이나 그 외의 사람들에게 전하고 싶다는 욕구를 가지고 있습니다. 자신이 배우고 깨달은 바를 전하고 널리 퍼뜨림으로써 자손과 사회에 도움이 되고 싶다는 바람은 식욕이나 성욕처럼 인간이 지닌 본능적인 욕구에 가깝다고 생각합니다. 인간이 언어에 이어 문자를 만들어낸 것도 내 안의 지혜를 후대에 전하고 싶다는 본능적인 욕구가 있었기 때문일 것입니다.

진리와 지혜, 교훈을 남기는 데 인간이 가장 널리, 가장 오래 사용한 것은 글과 종이입니다. 특히 인쇄술이 발명된 이후에는 활자가 권위를 가지게 되었습니다. 인터넷 시대, 디지털 시대라고 일컫는 현대에도 그 흔적은 여전해서, '책에 나온 내용이다, 기사에 실렸다'라고 하면 그 얘기가 어느 정도 검증된 것이며 격이 있는 내용임을 인정하게 됩니다. 같은 말이라도 활자로 찍어 놓으면 권위가 달라집니다. 종이에 이름과 전화번호를 끄적여 건네는 것과 인쇄된 명함을 내미는 것의 차이와 같습니다.

　나의 자녀들에게 전하고 싶은 말이 있다, 내 친지들과 나누고 싶은 얘기가 있다. 그렇다면 자서전을 쓰기 위해 펜을 들어야 합니다. 억지로 앉혀 놓고는 그들에게 나의 이야기를 전할 도리가 없습니다. 교훈적인 말이라도 꺼내면 그들에게서 지루하다거나 피하고 싶다는 표정을 볼 수밖에 없을 것입니다. 그들이 버릇이 없어서 그렇다고 단정할 수는 없습니다. 들을 준비가 되지 않았는데 들려 주려 하거나, 그런 얘기를 나눌 분위기가 아닌데 굳이 얘기를 꺼낸 탓이 더 큰지도 모릅니다.

　'이리 좀 앉아 봐, 할 얘기가 있단다'라고 말하는 순간 분위기는 경직되고 부자연스러워집니다. 그런 불편한 자리에서 일방적으로 내 얘기를 꺼내는 것이 아니라 본인이 들을 준비가 되었을 때 나의 얘기를 들을 수 있게 만들어 주는 것이 글이 가진 힘입니다.

　글은 시간과 장소를 초월합니다. 먼 미래의 후손이 나의 말에 귀 기울여 줄 수 있게 합니다. 받아들일 준비가 된 사람에게 나의 지혜가 전달될 때, 자서전을 쓴 우리는 그저 할아버지 할머니에 머무는 것이 아니라 인생의 스승이 되고 세련된 스토리텔러가 되는 것입니다.

자서전을 남기는 것은 글의 힘을 빌려 내 이야기를 전하고, 활자의 힘을 얻어 나의 권위를 세우는 일입니다. 작가들이 책에 사인을 해서 주는 모습을 본 적 있을 것입니다. 자서전을 쓰고 책으로 만들게 되면 책 안쪽에 손자의 이름도 꼭 써서 사인을 해 두십시오. 지금은 설령 어리더라도 말입니다. 여러분의 독자는 지금이 아니라 미래에 있습니다. 지금은 어린 손자지만 미래의 그 아이는 어른이 되어 나의 자서전을 읽게 될 것입니다.

영국 수상을 역임한 정치인이자 작가였던 벤저민 디즈레일리 백작은 이렇게 말했다고 합니다.

"진리와 자연은 결코 시대에 뒤지는 일이 없다."

자서전을 통해 나이를 먹어도 시대에 뒤지지 않는 무엇을 품고 있었던 인물로 기억되기를 바랍니다.

 화해와 치유를 얻는 여정

자서전을 쓰는 데 어떤 내용이든 상관없다고 했지만, 아무래

도 대부분은 과거의 일을 중심으로 쓰게 됩니다. 자신의 일대기를 쓰든, 등산 다닌 얘기를 쓰든, 지난 시간을 기억 속에서 끌어올려 다시 한 번 차근차근 되돌아보는 기회를 갖게 됩니다.

자서전을 쓴다는 행위에는 묘한 힘이 있습니다. 과거 기억을 떠올려 글로 옮기다보면 옛날 일을 더 객관적으로 이해하고 폭넓게 볼 수 있게 됨을 느낄 수 있습니다. 마치 심리상담사에게 과거의 어떤 일을 털어놓음으로써 콤플렉스에서 벗어나는 길을 찾는 것과 흡사합니다. 그때 내가 왜 그렇게 행동했는지, 이해도 되고 반성도 됩니다. 그로써 과거의 나와 화해하고 과거의 일을 통해 교훈을 얻게 됩니다. 자아성찰이라는 묵직한 단어를 자서전 쓰기를 통해 쉽게 받아들이게 되는 것입니다.

자신의 삶을 글로 옮기는 작업을 한 모든 분들은 한결같이 마음이 가벼워졌다는 소감을 얘기합니다. 숨길 일이 없고, 큰 잘못을 저지른 적이 없는 사람이라도 과거 어느 시점에는 화해가 필요한 내가 우두커니 서 있는 법입니다. 자서전 쓰기는 그런 과거의 나와 악수를 나누고 포옹을 할 수 있는 기회입니다.

자서전 쓰기에는 내 인생을 글로 정리한다는 형식적인 의미에 더해, 나 자신을 스스로 깨우치고 치유하는 효과가 있습니다. 마음을 털어놓고 의논할 윗사람이 없는 나이에 다다른 분이라면 자서전 쓰기에서 얻을 수 있는 가장 큰 이익이라 할 수 있을 것입니다.

다시 맛보는 보람

자서전을 쓰는 것은 내가 살아 있었다는 증거를 남기는 일이고, 동시에 내가 살아 있음을 만끽하는 일입니다. 끼니나 챙기고 TV와 유튜브나 보면서 보내는 하루와 자서전 완성이라는 또렷한 목표를 가지고 매일매일 글을 써 나아가는 하루하고는, 직접 체험해보지 않아도 차이가 큼을 짐작할 수 있을 터입니다.

약속이라도 있는 척하고 의미 없는 외출을 하고, 심심한 사람들끼리 모여 '나 때는 말이지' 하는 부질없는 얘기나 나누는 것은, 어쩌면 인생의 낭비일지도 모릅니다. 낭비라는 표현은 좀 심한 것일지도 모르지만, 그렇게 시간을 보내고서 '오늘 하루를 보람 있게 보냈구나'라고 느끼는 사람은 없을 것 같습니다.

남아 도는 시간을 주체하지 못한 나머지 자기 건강 관리에 지나치게 신경을 써서 거의 건강염려증에 빠진 분도 간혹 보는데, 그 역시 바람직한 모습이라고 하기는 어려울 것입니다.

일을 하고 있든, 은퇴한 상태이든 간에, 우리 삶에는 균형이 중요합니다. 친구를 만나 심심파적하는 시간, 건강을 돌보는 시간도 있어야 하지만 목표를 가지고 노력을 기울이는 시간 또한 반드시 있어야 합니다. 멈춰만 있는 기계는 빨리 망가집니다. 쉬지 않고 돌아만 가는 기계 또한 빨리 망가집니다. 사람도 그냥 한가하게만 보내는 사람은 쉬이 늙고, 일중독에 빠져 쉬지 않고 일만 하면 건강이 상하고 맙니다. 여유로운 시간과 집중하는 시간이 균형을 이룰 때 몸도 건강하고 마음도 편하기 마련입니다.

나이가 들면 일을 찾기 어렵기 때문에 여유로운 시간만 늘어나기 십상입니다. 여유로움을 넘어 하루가 지루하다는 느낌이 든다면 바람직한 상태는 아닐 것입니다.

자서전 쓰기는 돈이 생기는 일은 아닙니다. 그러나 분명 보람 있는 일입니다. 어떤 취미에서도 얻기 힘든 성취감을 줍니다. 자서전을 위한 취재 겸 외출에 나서고, 계획된 분량의 원고를 쓰는 하루는 한창 활동하던 시절의 보람을 다시 맛보는 시간이 됩니다. 그리고 자서전이라는 최종 결과물이 나왔을 때, 그것을 본 주변의 격려와 감탄은 목표를 달성한 나의 기쁨을 갑절로 만들어 줍니다.

시간이 남아 도는데, 무엇을 해야 할지 모르겠다는 분은 반드시 자서전 저술에 도전하십시오. 오랜만에 '보람 있는 하루를 보냈구나'라고 생각하면서 잠자리에 드는 자신을 발견할 수 있을 것입니다.

미래의 나를 만나는 길

자서전 쓰기는 과거의 일을 정리함으로써 시작합니다. 그 과정 속에서 과거와 화해하고 치유받기도 합니다. 그렇지만 그저 과거에만 머무는 것은 아닙니다. 우리가 지난 인생을 정리하여 자서전을 쓰는 목적은 남들에게 옛날이야기나 들려주기 위함이 아니기 때문입니다.

앞서 자서전을 씀으로써 얻을 수 있는 여러 가지를 설명했지만, 그중 가장 중요한 것은 과거를 통해 미래를 설계할 수 있다는 점입니다.

영국의 수상을 역임한 정치인이면서 노벨문학상을 수상하기도 한 윈스턴 처칠은 "과거의 일을 과거의 일로서 처리해 버리면, 우리는 미래까지도 포기해 버리는 것이 된다."라고 말한 바 있습니다. 자서전 쓰기도 그저 과거를 기록하여 기록으로 끝내는 데 그쳐서는 안 됩니다.

자서전을 쓰면서 지난 인생을 하나하나 짚어 나아가는 일은 마치 인생을 지도로 만드는 일과 비슷합니다. 내가 걸어온 길,

내가 머물던 곳, 내가 길을 잃었던 자리, 등등을 써 나가다 보면 인생에 대해 더욱 또렷하게 깨닫게 됩니다. 그렇게 정리한 나의 인생 여정은 후손에게 교훈을 주기도 하지만, 나 자신에게 미래의 방향을 알려 주는 지표가 되어 줄 수도 있습니다.

지도가 그려지면 이제까지 내가 지나온 방향을 알 수 있을 뿐 아니라, 앞으로 어디로 가야 할지, 어디로 가고 싶은지도 떠오르기 마련입니다. 예전에 가고 싶던 여행지, 배우고 싶던 악기가 무엇인지 떠올리고 그것을 실천할 계획을 세워 볼 수도 있고, 어쩌면 더 큰 인생의 목표와 의미를 새삼 깨닫는 계기를 찾게 될지도 모릅니다.

과거의 나를 정리했을 때 그 가운데에서 무엇을 보고 무엇을 얻을지는 각자 다르겠지만, 미래의 나를 그려 보는 데 있어서 과거의 나를 정리한 자서전 보다 더 좋은 도구가 없음은 분명하다 할 수 있을 것입니다.

자서전을 쓰면 잃는 것들

자서전 쓰기는 단지 지루한 기록 작업이 아니라, 나의 인생을 재조명하는 창작의 영역에 있습니다.

자서전을 쓰면 얻을 수 있는 것들은 앞에 쓴 바 있지만, 각자의 경험에 따라 그보다 더 많은 것을 얻을 수도, 그보다 더 적은 것을 얻을 수도 있을 것입니다.

2장을 마무리하면서, 자서전을 쓰면 잃는 것도 있음을 적어보려고 합니다. 이것은 각자의 경험에 관계없이 누구나 차이 없이 적용됩니다.

자서전을 쓰면 잃는 것은 세 가지입니다. 지루함, 게으름, 그리고 패배감입니다.

이에 대한 추가 설명은 필요하지 않겠지요.

3장

이야기를
길어 올리는 방법

- 이야기는 모두 우리 안에 있습니다

- 단어 연상법

- 사진의 도움을 받아 봅시다

- 질문 리스트를 만들고 숙성시킵니다

- 연대표에 치중하지 않아도 됩니다

이야기는 모두 우리 안에 있습니다

흔히 '자서전을 쓴다'고 말합니다만, 그 '쓴다'는 행위를 세분해 보자면, 실제 글을 쓰기에 앞서 쓸 이야기를 모으는 행동이 우선함을 알 수 있습니다. 무슨 이야기를 쓸지 정하는 것이 먼저고, 그 다음에 글을 쓰게 되는 것입니다.

자서전에 담을 이야기는 모두 우리 안에 있습니다. 그렇지만 그 이야기가 처음부터 내면에서 펑펑 솟아나오는 사람은 그리 많지 않습니다. 그래서 자서전에 담을 이야기를 우리 안에서 길어 올려야 합니다.

자서전의 기본형은 개인 역사 기록물이기에, 보통 시간 순으로 이야기를 꺼내 보려는 경우가 많습니다. 틀린 방법은 아니지만, 사람의 기억은 책이나 컴퓨터와는 다르기 때문에 처음부터 시간 순으로 이야기를 떠올릴 수 없습니다.

또한 우리 삶은 밧줄처럼 한 줄로 쭉 이어지는 것이 아닙니다. 나무처럼 한 가지 사실에서 가지가 뻗어 다른 이야기로 발전하기도 하고, 전혀 다른 사건이 듬성듬성 떨어져 있기도 합니다.

그러므로 이야기를 길어 올릴 때는 시간의 흐름에 연연하지 말고 마음 가는 대로 떠오르는 대로 두어야 합니다. 중학생 때 얘기가 생각나면 그것을 담고, 어제 일이 생각나면 그것을 담아 두는 식으로 해도 좋습니다. 그렇게 떠오르는 대로 얘기를 담아서 우선 이곳저곳에 기록해 두면 됩니다.

처음에는 쉽게 떠오르다가 중간에 이야기가 마르는 사람도 있고, 처음에는 마음만 복잡하지 또렷하게 떠오르는 이야기가 없다가 나중에 꼬리에 꼬리를 물고 이야기가 솟는 사람도 있는 등, 사람에 따라 다양한 모습을 보입니다.

우리가 우물을 길어 올릴 때 두레박을 던지고, 펌프로 물을 길어 올릴 때는 마중물을 붓듯이, 이번 장에서는 내 안에 있는 이야기를 꺼내는 데 도움이 될 만한 요령 몇 가지를 소개하도록 하겠습니다.

단어 연상법

간단하고, 글쓰기로 자연스럽게 연결되기 때문에 누구에게나 추천하는 방법은 단어에서 기억을 끌어내는 것입니다. 똑같은 단어라고 해도 각자의 경험과 기억에 따라 연상되는 것은 다른 법입니다.

자서전을 쓰는 데 이용할 것이므로, 연상에 쓸 단어는 무작위로 뽑는 것이 아니라 내 삶 속의 사실에서 고른 단어여야 합니다.

단어 연상법을 이용해 이야기를 끌어내는 사례를 순서대로 설명하면 다음과 같습니다.

① 간단하게 메모를 써봅니다(1차 메모)

예문1

○○○○년 ○월 ○○일 토요일. 날씨 맑음.

○○예식장에서 결혼을 했다.

주례는 아무개 교수님이 해주셨다.

하객은 예상 외로 많이 왔다.

메모는 길게 써도 좋지만, 두어 줄 정도로 간략하게 쓴 것도 충분히 활용할 수 있습니다. 기억이 나면 위의 예문처럼 "날씨 맑음"이라고 쓰고, 기억이 나지 않으면 '날씨 기억 안 남'이라고 써도 괜찮습니다. 날씨가 중요하지 않다고 여겨지면 생략해도

됩니다.

메모가 어떤 형태여야 한다고 틀을 잡아 놓고 시작할 필요는 없습니다. 처음부터 상세하게 쓰는 데 집착하기보다는 일단 명확히 기억나는 일을 간단히 써둔다는 식으로 접근하는 편이 좋습니다. 이러한 메모 몇 번으로 자서전을 완성할 수는 없는 일이니까 부족한 부분이 있더라도 나중에 다른 연상 메모에서 보충하면 된다고 생각하십시오.

1차 메모 단계는 부담 없이 작성하는 것이 중요합니다. 명심할 것은 짧더라도 분명히 내 인생 속의 한 장면을 적은 메모여야 한다는 점입니다.

② 1차 메모에서 명사만 따로 떼어냅니다(단어 추출)

〔예문1〕에서 명사만 따로 떼어내 적어 보면 아래 예문과 같이 됩니다.

꼭 명사가 아니래도 떼어내고 싶은 단어가 있으면 따로 떼어 적어 둡니다.

예문2

○○○○년

○월

○○일

---

③ 각 단어를 보고 연상되는 것을 메모합니다(2차 메모)

처음 메모(1차 메모)에서 굳이 단어만 분리해서 보라고 하는 이유는 생각의 폭을 넓히기 위함입니다. "주례는 ○○○ 교수님이 해주셨다."라고 써놓으면, 짧은 문장이지만 그 자체가 완성된 기록이여서 거기서 생각이 멈춰 버리기 쉽습니다.

그렇지만 그 단순 기록인 1차 메모에서 '주례', '교수님' 등 각각의 단어를 추출하고, 그 개별 단어를 열쇠 삼아 기억을 되살려 보면 보다 폭넓은 연상이 이루어집니다.

추려낸 단어를 보고 연상되는 기억을 추가하여 2차 메모를 만듭니다.

개인적인 경험은 당연하고, 사회를 떠들썩하게 만들었던 사건 등, 머릿속에 떠오르는 것은 어떤 내용이라도 좋습니다. 떠오르는 대로 적으면 됩니다.

예를 들자면 아래와 같이 되겠지요.

○○○○년 :
내가 29살 되는 해. 그때는 여자 나이 29살 넘어서도 시집을
못 가고 30대가 되면 노처녀 취급을 받았다. 직장 3년 차 정도
였던 거 같다. 직장에 적응도 되고 슬슬 일에 대해 알아갈 때였
던 거 같은데, 부장님은 결혼하면 회사 그만 둘 거냐고 물어봐
서 기분이 좀 별로였던 기억이 난다.

○월 :
이른 봄.
별 기억 없음.

○○일 :
결혼식 날.
별 기억 없음.

날씨 맑음 :
사실 날씨가 화창했는지는 정확히 기억나는 건 아님. 아침 일찍

부터 결혼식 한다고 정신없어서 하늘 볼 새도 없었다. 아무튼 비는 안 왔음.

○○예식장 :
서울 종로구에 있었다. 원래는 다른 곳으로 하려고 했는데 다른 곳은 예약이 찼다고 해서 이리로 정함.
지금 인터넷으로 찾아보니 없어진 거 같다.

결혼 :
신랑 ○○○. 지금도 같이 사는 삼식이.
나보다 더 긴장해서 땀을 찔찔 흘리고 있었음.
시어머니 화장이 너무 진해서 깜짝 놀랐던 기억이 나는데, 신랑은 내 신부 화장이 진해서 못 알아볼 정도였다고 한다. 옛날엔 다 그랬지 뭐.

주례 :
주례라고 하면 '검은 머리가 파뿌리가 되도록' 어쩌고 하는 말이 유명한데, 내 결혼식 때도 그 말이 나왔는지는 기억 안 남.
주례가 누구고 주례사는 뭐였는지 또렷하게 기억하는 사람이 있을까? 그래서 요즘 결혼엔 주례 없이도 많이 한다고 하더라.
그러고 보니 주례보다 결혼식 사회 본 사람이 생각남. 남편 친구라고 했는데 너무 까불어 우리 부모님들이 눈살을 좀 찌푸렸던 것 같음.

교수님 :
나는 모르는 사람이고 신랑이 아는 교수님. 이름 생각 안 남. 남편에게 물어봐도 기억 안 난다고 함. 나중에 찾아봐야겠다.

하객 :
우리집도 신랑집도 첫 번째 결혼식이라서 그랬는지 예상보다 하객이 많이 왔다고 함.
직장 동료들도 꽤 왔고.

위 〔예문3〕처럼 단어에 따라 자유롭게 떠오르는 것들을 쓰면 됩니다.

문장을 보는 것보다 이렇게 단어 하나를 붙들고 생각해볼 때 기억이 보다 자연스럽게 떠오르는 것을 느낄 수 있을 것입니다.

생각나면 나는 대로, 기억이 안 나면 기억 나지 않는다고 써 두었다가 나중에 기억이 났을 때 추가해도 됩니다.

이렇게 단어에 따라 기억 나는 대로 덧붙여 놓기만 해도 가장 처음에 쓴 몇 줄짜리 메모(1차 메모, 〔예문1〕)보다 얘기가 한결 풍부해졌음을 볼 수 있을 것입니다.

④ **마련된 메모를 합칩니다**

아래 〔예문4〕처럼 2차 메모의 글을 그대로 모아 놓는 형식에서 시작합니다.

예문4

○○○○년 내가 29살 되는 해. 그때는 여자 나이 29살 넘어서도 시집을 못 가고 30대가 되면 노처녀 취급을 받았다. 직장 3년 차 정도였던 거 같다. 직장에 적응도 되고 슬슬 일에 대해 알아갈 때였던 거 같은데, 부장님은 결혼하면 회사 그만 둘 거냐고 물어봐서 기분이 좀 별로였던 기억이 난다.

○월 이른 봄. 별 기억 없음. ○○일 결혼식 날. 별 기억 없음. 날씨 맑음. 사실 날씨가 화창했는지는 정확히 기억나는 건 아님. 아침 일찍부터 결혼식 한다고 정신없어서 하늘 볼 새도 없었다. 아무튼 비는 안 왔음.

○○예식장 서울 종로구에 있었다. 원래는 다른 곳으로 하려고 했는데 다른 곳은 예약이 찼다고 해서 이리로 정함. 지금 인터넷으로 찾아보니 없어진 거 같다.

결혼 신랑 ○○○. 지금도 같이 사는 삼식이. 나보다 더 긴장해

서 땀을 찔찔 흘리고 있었음.

시어머니 화장이 너무 진해서 깜짝 놀랐던 기억이 나는데, 신랑은 내 신부 화장이 진해서 못 알아볼 정도였다고 한다. 옛날엔 다 그랬지 뭐.

주례 주례라고 하면 '검은 머리가 파뿌리가 되도록' 어쩌고 하는 말이 유명한데, 내 결혼식 때도 그 말이 나왔는지는 기억 안 남. 주례가 누구고 주례사는 뭐였는지 또렷하게 기억하는 사람이 있을까? 그래서 요즘 결혼엔 주례 없이도 많이 한다고 하더라.

그러고 보니 주례보다 결혼식 사회 본 사람이 생각남. 남편 친구라고 했는데 너무 까불어 우리 부모님들이 눈살을 좀 찌푸렸던 것 같음.

교수님 나는 모르는 사람이고 신랑이 아는 교수님. 이름 생각 안 남. 남편에게 물어봐도 기억 안 난다고 함. 나중에 찾아봐야겠다.

하객 우리집도 신랑집도 첫 번째 결혼식이라서 그랬는지 예상보다 하객이 많이 왔다고 함. 직장 동료들도 꽤 왔고.

단순하게 문장을 모아만 놓았는데도 무슨 얘기인지 알아볼 수 있을 정도가 됩니다. 하지만 자서전은 나중에 다른 사람이 읽어 주는 것이 목표니까 더 다듬어야만 하겠지요.

비유하자면 여기까지의 단계는 밀가루 반죽 같은 것입니다. 밀가루 반죽을 그냥 먹을 수도 있기는 하지만 실제로 그냥 먹는 사람은 없지요. 그 덩어리로 수제비를 만들지 칼국수를 만들지, 다음 단계에서 보다 솜씨를 발휘해야 합니다.

⑤ 말이 되게 문장을 다듬습니다

2차 메모를 단순하게 모아 둔 상태에 기초적인 가공을 더할 차례입니다. 이 단계에서의 요령은 제목 그대로 '말이 되게'입니다.

먼저 〔예문4〕를 한번 소리 내어 읽어 보십시오. 남에게 이야기를 읽어 준다고 생각하면서 읽는 것이 좋습니다. 그런 마음으로 읽어 보면 '없음', '있었음' 같은 메모식 문장이 우선 거슬릴 것입니다. '별 기억 없음'이 두 번이나 나오는 것도 자연스럽지 않다고 느껴질 터입니다. 메모를 그냥 붙여 놓은 상태니까 뚝뚝 끊겨서 전체적으로 자연스럽게 이어지는 느낌이 안 드는 것이 당연합니다.

그러니까 소리 나게 읽었을 때 자연스럽게 말이 되게끔 문장을 조금씩 고쳐주어야 합니다. '은(는)' 같은 조사만 더해 주어도 문장이 부드러워지므로 어렵게 생각할 것 없습니다. 이 단계에서 추가로 떠오르는 다른 기억이 있다면 더 써 넣어도 괜찮습니다.

예문5

○○○○년은 내가 29살 되는 해였다. 그때는 여자 나이 29살이 넘어서도 시집을 못 가서 30대가 되면 노처녀 취급을 받았다. 당시에 나는 직장을 다녔는데, 3년 차 정도였던 거 같다. 직장에 적응도 되고 슬슬 일에 대해 알아갈 시기였는데, 결혼한다고 하니까 부장님이 그러면 회사는 그만 두는 거냐고 물어봐서 기분이 살짝 상했던 기억이 난다. 결혼하면 그만 두는 사람이 많은 시절이긴 했다.

결혼식은 그해 봄인 ○월 ○○일이었다. 날씨는 맑았던 것 같다. 사실 날씨가 화창했는지는 잘 모르겠다. 아침 일찍부터 결혼식 한다고 정신없어서 하늘 볼 새도 없었다. 아무튼 비는 안 왔다.

결혼식장은 ○○예식장이었다. 서울 종로구에 있었다. 일생에 한번 뿐인 결혼식이라서 원래는 좀 더 예쁜 곳에서 식을 올리고 싶었는데 봄이라서 다른 예식장들은 예약이 찼다고 해서 ○○예식장으로 정할 수밖에 없었다. 생각이 난 김에 인터넷으로 찾아보니 검색이 안 되는 거 보니 이젠 없어진 거 같다.

신랑은 ○○○. 지금도 같이 사는 그 사람이다. 삼식이가 다 되었다. 식장에서 나보다 더 긴장해서 땀을 뻘뻘 흘리던 모습이 기억난다. 그날 나는 시어머니 화장이 너무 진해서 깜짝 놀랐는데 신랑은 그보다도 내 신부 화장이 진해서 못 알아볼 정도였다고 한다. 지금 생각하면 우습지만 옛날에는 다들 그렇게 했다.

주례는 ○○○ 교수님이었다. 신랑이 모셔온 분으로, 나는 애초에 모르는 분이어서 성함이 기억나지 않아 남편에게 물어봤더니 자기도 기억이 안 난단다. 그래서 장롱 깊숙한 곳에 있던 성혼선언문을 꺼내서 이름을 확인할 수밖에 없었다. 성혼선언문이 아직도 있는 게 내가 생각해도 신기하다. 주례사로 뭐라 했는지는 영 기억도 나지 않고 확인해 볼 도리도 없다. 주례사라고 하면 '검은 머리가 파뿌리가 되도록' 어쩌고 하는 말이 흔했는데, 내 결혼식 때도 그 말이 나왔는지는 잘 모르겠다. 주례가 누구고 주례사는 뭐였는지, 나중까지 잘 기억하는 사람이 있을까? 그래서 요즘 결혼엔 주례 없이도 많이 한다고 들었다.

주례보다 기억이 나는 건 결혼식 때 사회를 본 사람이다. 남편 친구라고 했는데, 분위기를 띄우느라 그런 건지 어떤지 너무 경박 맞아서 우리 부모님들이 눈살을 좀 찌푸렸던 것 같다.

우리집도 그랬고 신랑 집도 첫 번째 결혼식이라서 그랬는지 예상보다 하객이 많이 왔다고 들었다. 내가 다니던 직장 동료들도 많이 와 주어서 기뻤다.

짤막한 4줄 짜리 메모(〔예문1〕)에서 단어 연상법을 통해 번

듯한 결혼식 애기로 발전하는 과정을 예로 들어보았습니다. 당연하지만 매사 이런 과정을 거쳐서 글을 쓸 필요는 없습니다. 설명을 위해 단계적으로 풀어 놓았지만, 글을 쓰다보면 단어 연상법의 각 단계가 자신의 머릿속에서 자연스럽게 이루어져 보다 편하게 애기가 풀려 나오기도 할 것입니다.

떠오른 애기를 글로 다듬는 방법에 대해서는 4장에서 살펴보도록 하겠습니다.

사진의 도움을 받아 봅시다

지금은 누구나 가진 핸드폰에 카메라가 내장되어 있어서 아무 때나 사진을 찍을 수 있지만 예전에는 사진이란 특별한 날에나 찍는 것이었습니다. 졸업식 입학식 결혼식 같은 날 말입니다. 그래서 그런지 그 시절의 사진을 보면 모두 뻣뻣한 자세에 표정도 그리 자연스럽지 않은 모습이 많습니다. 그래도 그 소중함은 더할 나위 없이 큽니다.

자서전을 쓰는 데에도 사진은 큰 역할을 할 수 있습니다. 사진 뿐 아니라 이제는 그것을 담은 사진앨범까지 변색되고 먼지가 소복하게 쌓여 있을지도 모르지만, 그것들을 모두 꺼내 놓는 것으로 시작해 봅시다.

사진을 한 장 한 장 보면서, 그것을 보고 떠오르는 생각을 따로 메모해 둡니다. 이때 사진 뒷면에 숫자를 써두고 메모에도 숫자를 붙여서 어느 사진에 대해 어느 메모를 썼는지 나중에 누가 봐도 쉽게 알 수 있도록 정리해 두어야 합니다. 사진①에 대한 글은 사진메모①. 이런 식으로 정리하는 것입니다.

'사진①에 대한 글은 사진메모①'과 같은 식으로 정리한다.

이렇게 정리하면 나중에 자서전을 사진까지 넣은 책으로 완성시키고자 할 때도 큰 도움이 됩니다.

사진이 풍부하게 남아 있다면, 사진을 보고 그 사진과 관련한 기억을 메모하는 것만으로도 간략한 자서전이 될 수 있습니다. 그러나 지금처럼 핸드폰으로 틈틈이 사진을 많이 찍었다면 몰라도, 띄엄띄엄 특별한 날에만 사진을 찍었던 예전 세대들이라면 수중의 사진만으로 인생의 장면 모두를 풀어내기에는 부족함을 느낄 것입니다. 사진 설명을 붙이는 작업에 머무르지 말고, 옛 사진을 내 마음속 얘기를 길어 올리는 보조 수단으로 이용한다면 보다 풍부한 내용이 담긴 자서전을 쓸 수 있으리라 생각합니다.

기억을 불러일으키는 데 옛 사진만큼 좋은 것은 없습니다. 게다가 사진첩으로 정리된 사진은 대략 시간 순으로 되어 있는 경우가 많으니 기억을 연대별로 묶어 보기에도 쉽습니다. 사진 외에 일기장이나 이런저런 일정 등을 적어 둔 수첩이 있다면 그것도 좋은 자료가 되겠지만, 그런 것들까지 소중하게 간직하고 있는 분들이 많지는 않을 것이므로 사진의 가치는 더욱 큽니다. 사진을 나의 이야기를 길어 올리는 소중한 마중물로 활용하십시오.

 ## 질문 리스트를 만들고 숙성시킵니다

자서전에 무슨 얘기를 쓸까, 하고 생각하면 처음에는 막막하기만 한 것이 보통입니다. 아무 기억도 안 난다기보다는 떠오르는 기억들은 많지만 그것들이 순식간에 엉켜서 차분하게 풀어내기가 쉽지 않은 것이죠. 그렇게 기억이 얽히기도 하고 둥실둥실 떠다니기도 하는 가운데 우선 쓰고 싶은 얘기가 또렷하게 떠오른다면 그것부터 메모를 해두고, 거기서부터 쓰기 시작하면 됩니다. 그런데 얼른 쓰고 싶은 무엇이 또렷하게 떠오르는 순간이 많지 않을 수도 있습니다.

머릿속에 둥둥 떠 있는 기억과 감정을 차례차례 건져 올리기 위해 유용한 것이 질문 리스트입니다. TV 등에서 승리의 기쁨에 들뜬 선수에게 기자들이 질문을 던지는 모습을 본 적이 있을 것입니다. 또는 세계적인 석학에게 질문을 던지고 그 답변을 듣는 방송이나 기사도 종종 볼 수 있습니다. 그런 인터뷰를 자기 자신에게 해 보는 것입니다.

무엇을 쓸까를 고민하기에 앞서 나 자신에게 무엇을 물어보면 좋을까, 하고 생각을 바꿔 보십시오. 질문은 어떤 식이든 답변을 요구하게 되고, 답변을 궁리하다 보면 기억이 되살아나고 감정이 되살아나게 됩니다.

인터뷰에서 중요한 것은 질문입니다. 좋은 답변을 이끌어내기 위한 질문을 되도록 많이 준비해야 합니다. 자서전을 위한 질문을 만들 때의 유의 사항은, 일단 간결해야 한다는 것. 질문의 길이가 한 줄을 넘기지 않는 편이 바람직합니다. 또 질문이 너무 구체적이지 않은 편이 좋습니다. 꼭 집어 묻는 것보다는 생각의 여지가 있는 다소 두루뭉술한 질문 쪽이 바람직합니다.

짧고 두루뭉술한 질문이 좋다고 하는 까닭은 그래야 부담 없이 질문이 솟아날 터이기 때문인데, 또 다른 이유도 있습니다. 그 이유는 뒤에서(⑤ 부분) 설명하겠습니다.

질문 리스트는 다음과 같은 순서에 따라 만들어 보십시오.

① 나에게 나를 묻습니다

기본적인 셀프 인터뷰입니다. 나 자신에게 내가 질문을 던지는 것입니다. 간단하지만, 간단하기 때문에 막연하다고 느낄 수도 있습니다. 그런 때는 세대별로 나누어 질문을 만들어 보면 조금 더 구체적인 질문이 떠오를 것입니다.

<어릴 적의 나에게 질문>
　　질문1.
　　질문2.
　　　⋮
<10대의 나에게 질문>
　　질문1.
　　질문2.
　　　⋮

〈20대의 나에게 질문〉

　질문1.

　질문2.

　　⋮

〈30대의 나에게 질문〉

　질문1.

　질문2.

　　⋮

위와 같은 형식으로 질문 리스트를 만들어 나갑니다. 나에게 나에 대한 질문을 던지고, 또 거기에 답변을 해나가는 과정은 자아성찰의 한 방법이자 자서전의 기본입니다.

② 부모님에게 묻습니다

나의 뿌리는 부모님입니다. 때문에 자서전을 쓰는데 빠질 수 없는 것이 부모님과 얽힌 얘기입니다. 부모님에게 물어보고 싶은 것들을 질문 리스트로 만들어 보십시오.

부모님의 인생에 대한 것이든, 부모님의 눈에 비친 나의 모습이든, 무엇이든 상관없습니다. 물론 부모님에게 직접 물어보고 답변을 얻을 수 있는 상황이라면 여러모로 좋겠지만, 설령 부모님에게 직접 물어본다고 해도 답변을 얻기 어려운 질문이라도 괜찮습니다. 부모님의 자서전이 아니라 나의 자서전에 쓸 질문이기 때문입니다.

③ 자식에게 묻습니다

나의 뿌리가 부모님이라면 자식은 나의 열매입니다. 자녀가 있다면, 그들에 대한 질문을 빠트릴 수 없을 것입니다.

자식의 입장에서 부모인 나에게 던질 수 있는 질문을 생각해 봅시다. 우리 아들딸이 나에 대해 궁금해 할 것이 무엇일지 생각해 보는 것입니다.

이 부분의 질문 리스트를 작성할 때 간혹 자책하는 듯한 물음을 쓰는 분들이 있습니다. '엄마는 왜 그렇게 참고만 살았어?', '아빠는 우리 가족에게 해 준 게 뭐야?' 등의 질문입니다. 이는 자식들이 던질 수 있는 물음이기는 합니다. 하지만 그런 질문이 마음에 떠오르는 순간, 무언가 가슴이 답답해질 수밖에 없을 것입니다. 그렇다고 해서 그런 질문은 무조건 빼라고 지적한다면, 그것은 우리의 상상력을 제한하게 만드는 좋지 않은 조언이 되겠지요.

스스로를 자책하는 기분에 빠져 들면 자기 마음도 편치 않지만 자서전에도 분명 좋지 않은 영향이 미칩니다. 자책하는 질문이 많아지면 불필요한 변명이 따라서 많아지는 경향을 보이기 때문입니다. 실제로 주고받는 질문이 아니고 가상의 질문이므로 어떤 질문이든 리스트에 담아 두어도 좋습니다. 다만, 자책하는 질문이 많아지면 좋지 않다는 점은 유의 사항으로 분명히 밝혀 두고 싶습니다.

이어서 아들딸에 대해 내가 묻고 싶은 질문도 더해 봅니다. 기회가 된다면 자식들에게 직접 물어보고 답변을 얻어도 좋습니다. 하지만 이 질문들 또한 그냥 내가 묻고 내가 대답하는 것이 되어도 상관없습니다. 앞서 부모님에 대한 질문과 마찬가지로 어디까지나 나의 자서전에 쓸 질문이기 때문입니다.

④ 친구에게 묻습니다

가족 안의 내가 있다면, 가족 밖—사회 속의 나도 있습니다. 가족들이 보는 나와 사회에서 보는 나의 이미지가 꼭 일치하지 않고 상당한 차이를 보이는 경우도 드물지 않습니다. 사회 속 나의 모습을 비추는 거울은 바로 나의 친구들입니다.

친구들에게 비친 나의 모습은 어떤 것일지, 먼저 친구가 나한테 물어볼 법한 질문을 한번 뽑아 보십시오. 이것은 결국 내가 친구들이 나한테 물어봐 주었으면 하고 바라는 질문이 될 것입니다. 그에 대한 답변은 자랑이 될 수도 있고 후회나 변명이 될 수도 있겠지만, 어느 쪽이든 사회생활에 대한 얘기를 이끌어내는 힌트가 될 것입니다.

'내가 학교 때 어떻게 보였니?', '그때 회사에서 나온 게 잘

한 일이었을까?' 등과 같이 친구들에게 직접 물어보고 싶은 질문도 마련해 보십시오. 쑥스러운 일이 될 수도 있겠지만 가능하다면 친구에게 직접 물어보아도 좋을 것입니다. 그들의 생생한 대답을 활용하면 자서전에 생기를 불어넣을 수 있을 테니까요.

⑤ 질문을 묻습니다

각 분야의 질문 리스트가 마련되었다면, 각 분야의 타이틀 (나, 부모, 자식, 친구)을 떼고 모든 질문을 뒤섞어 버리십시오. 그리고 뒤섞은 질문들을 어딘가에 잠시 묻어 두십시오.

질문을 뒤섞는 방법은, 종이에 질문을 써놓은 상태라면 질문 부분만 가위로 잘라서 그 종이 조각을 봉투나 작은 상자에 담아 두면 될 것입니다.

<u>모든 질문을 뒤섞어 묻어 둔다, 제가 추천하는 자서전 쓰기용 질문 리스트 작성의 핵심은 바로 이것입니다.</u> 배추와 각종 양념을 각각 마련했다가 모든 것을 한데 버무려 놓고 익을 때까지 기다렸다가 먹는 김치처럼, 모든 질문이 발효 숙성 과정을 거치게 하는 방법입니다. 질문의 발효 숙성 과정이란, 내가 쓴 질문을 내 안에 묻고 살짝 잊어 버리는 일입니다.

①~④의 단계에서 부분별로 질문 리스트를 만들라고 한 이유는 질문을 떠올리기 쉽게 하기 위함입니다. 그 질문 중 어떤 것은 그대로 자서전에 써도 될 테지만, 대부분은 너무 날것이라

서 자서전에 쓰기에는 적절하지 않을 것입니다. 예를 들어, ③ 단계에서 부모가 자식에게 하는 질문을 써놓고, 그 질문에 바로 부모인 내가 답변을 한다면, 그것 그대로는 자서전에 쓸 수 없습니다. 자녀의 진짜 목소리가 아니라 내가 자녀인 척 만들어낸 답변이므로, 그런 자문자답은 사실을 담은 것이라 하기 어렵기 때문입니다.

모든 질문과 답변은 나의 자서전을 위한 것이 되어야 합니다. 나의 자서전에 쓰기 위해서는 온전히 나를 위한 질문이어야 하고, 내가 말한 답변이어야 합니다. 질문 리스트에 처음 담을 때는 돌아가신 부모에게 묻는 형태의 질문이었을지라도, 실제로 그 질문에 대답하는 사람은 부모님이 아니라 나 자신이어야 합니다. 부모님의 가상 답변을 상상하는 게 아니라 그 질문을 통해 나 자신의 얘기를 이끌어내야 합니다. 앞에서 "부모님의 자서전이 아니라 나의 자서전에 쓸 질문이기 때문"이라고 쓴 이유가 바로 그것입니다.

질문을 그렇게 만들기 위해서는 숙성 과정이 필요합니다. 질문을 무작위로 섞어 한동안 보지 않고 내버려두었다가 시간이 충분히 지나 질문을 다시 꺼내 보면 부모에게 물어보는 질문인지, 나 자신에게 물어보는 질문인지, 혹은 친구가 물어보는 질문인지, 자식에게 물어보는 질문인지, 살짝 헷갈리는 느낌이 올 것입니다.

앞에서 '질문을 너무 구체적으로 작성하지 말라'고 한 이유도 여기에 있습니다. 너무 구체적으로 질문을 쓰면 나중에 보아도 누가 누구에게 묻는 것인지 쉽게 기억이 되살아나서 '발효 숙성'이 잘 안 되기 때문입니다.

질문 리스트는 자서전을 쓰기 위한 이야기를 내 안에서 이끌어내는 데 참 목적이 있습니다. 네 머릿속의 에피소드를 끌어내는 낚싯바늘이 그 역할입니다. 적확한 물음으로 내 기억을 깨우는 질문도 좋지만, 우문현답(愚問賢答)이라는 말이 있는 것처럼 애매함으로 감성과 기억을 동시에 자극하는 질문이 더욱 좋습니다.

기억력이 좋아서 질문 목록을 한동안 방치했다가 봤는데도 어느 분야의 질문인지 또렷하게 생각나는 분도 있을 것입니다. 배추로 만드는 게 김치만 있는 게 아니고 겉절이도 있는 것처럼, 만일 리스트의 질문들이 적절히 애매해지지 않는다면 준비한 그대로 이용하는 수밖에 없을 것입니다.

이때는 남을 대신한 가상의 답변을 쓰지 않도록 주의해야 합니다. '내가 학교 때 어떻게 보였니?' 하고 친구에게 던진 질문을, 내 마음대로 상상해서 친구의 입장에서 대답을 붙여서는 안 됩니다. 본의 아닌 거짓말이 될 수 있는 것이니까요.

또한 나중에 보아도 친구나 가족에게 직접 물어보면 좋겠다 싶은 질문이 있을 것입니다. 그런 질문은 가능한 한 직접 묻고 그 대답을 들어 활용하는 것이 좋습니다.

연대표에 치중하지 않아도 됩니다

연표(年表, Timeline)라고도 부르는 연대표(年代表)는 사건을 연도(시간)에 따라 나열한 표를 말합니다. 사건의 흐름이 한눈에 들어오기 때문에 역사책이나 위인전 등에서 쉽게 볼 수 있습니다.

자서전의 기본은 개인의 역사 기록이라고 할 수 있으므로, 자서전 쓰기를 가르칠 때 먼저 자기 인생의 연대표를 만든 후에 쓰기 시작하라고 코치하는 경우가 많습니다.

연대표의 모양은 간단합니다. 해당 연도에 생긴 일을 간략하게 기록하는 것입니다.

기본형은 아래와 같습니다.

```
19○○년 출생
19○○년 동생 출생
19○○년 국민학교 입학
```

```
1900년 중학교 입학
1900년 고등학교 입학
1900년 입사
2000년 퇴직
  ⋮
```

어디서 많이 본 듯하지요? 그렇습니다. 이력서의 모양과 같습니다. 개인 연대표의 기본형은 이력서와 마찬가지라고 할 수 있습니다. 회사에 제공할만한 정보만 쓴 것이 이력서라면, 자서전을 위한 연대표는 개인적인 일들까지 기입한 이력서라고 생각하면 될 것입니다.

자서전의 기초 작업으로 연대표를 만든다면, 입사지원서의 이력서처럼 띄엄띄엄 한 줄씩 써넣는 정도로는 별 도움이 되지 않습니다. 가능하면 태어난 해부터 현재(올해)까지 매해의 일을 꼼꼼하게 기록해야 합니다.

방법은 〈○○○○년〉이라고 제목을 붙인 후 그 해에 생긴 일을 적는 것입니다.

PC의 워드프로세서(아래한글 또는 MS WORD)를 이용한다면 중요한 일이 있었던 연도나 마침 떠오른 일이 있었던 연도부터 무작위로 기록해 나아가도 되겠지만, 만약 PC 활용에 자신이 없다면 백지를 활용하면 됩니다.

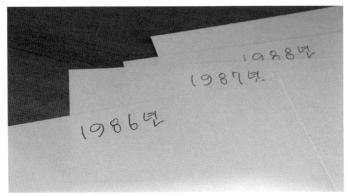

연도 별로 종이 한 장을 배정한다.

종이 제일 위에 〈○○○○년〉이라고 써 놓고, 그 종이에 그 해 생긴 일을 기록하는 방식입니다. 1년에 1장의 종이를 배당하는 것을 기본으로 합니다. 즉, 저자가 65세라면 우선 65장의 종이를 준비해야겠지요. 노트의 각 페이지에 연도를 써서 정리해도 괜찮습니다. 낱장의 종이를 이용하면 생각이 떠오르는 대로 연도를 찾아서 기입할 수 있는 장점이 있고, 노트를 이용하면 쓰고 싶은 연도를 찾아 페이지를 뒤적거려야 하는 불편은 있지만 써놓은 부분을 분실할 위험이 없다는 장점이 있겠습니다.

어느 방식을 이용하든, 중요한 것은 어떤 연도도 빈 채로 두면 안 된다는 점입니다. 곰곰이 생각해보면 아무 일도 없고 아무 느낌도 없이 지나간 해는 없을 것입니다. 아무 기억도 없을 젖먹이 시절이라고 해도 부모님에게서 들은 얘기나 당시 부모님의 얘기를 쓰면 됩니다.

처음에는 이력서 쓰는 것처럼 졸업이나 입학 같은 중요 사건이 있었던 연도부터 메모를 시작해도 좋지만, 어쨌든 매 연도마다 기억을 짜내서 절대로 빈 페이지가 생기지 않도록 정성을 들여야 자서전의 자료로서 가치가 생깁니다.

연대표를 만드는 목적은 인생을 차례로 정리해 본다는 것이 첫 번째라고 할 수 있지만, 연도별로 내 기억을 되살려 본다는 부차적인 목적도 있는 것입니다. 연도에 따라, 한 해 한 해의 기억을 간략하게나마 정리해내면 자서전 쓰기의 반 이상이 완성된 것이라고 말할 수 있습니다.

문제는 이 연대표 만들기가 실제로는 쉽지 않다는 점입니다. 이리저리 궁리해 봐도 그 해에 무슨 일이 있었다고 써야 할지 떠오르지 않을 수도 있고, 어떤 일이 기억은 나는데, 도대체 ○○년인지 ◎◎년인지 명확하지 않을 수도 있습니다.

이런 때 인터넷 검색을 하면 기억을 되살리는 데 도움이 됩니다. 이 책의 권말 부록에도 연도별 중요 사건을 정리해 실어 두었으니 활용하면 좋을 것입니다.

하지만 각 연도별로 기억을 더듬어 기록하는 것은 하루 이틀에 끝나는 일이 아닙니다. 전체 인생의 연도별 종이의 여백을 채워 나아가는 과정은 그것만으로도 한달 이상 걸릴 수 있는 상당한 작업입니다.

'자서전 쓰기 전에 연대표를 만들어라'는 정통적인 자서전 쓰기의 한 방법으로, 외국어 학습 시에 문법을 강조하는 것처럼 그 필요성을 거듭 가르치는 사람이 있습니다. 그런데 연대표 만들기에서 지치고 흥미를 잃어 자서전 쓰기 자체를 중간에 포기하는 부작용도 없지 않습니다.

연대표 만들기는 자서전 쓰기에 아주 유용하지만, 연대표를 완성한 다음에야 자서전을 쓸 수 있다는 생각은 버려도 됩니다. 우리가 외국어를 배울 때 문법을 마스터한 다음이 아니더라도 회화 공부를 시작할 수 있는 것과 같다고 할 수 있습니다.

연대표가 미완성인 채로 글을 시작해도 되고, 글을 쓰던 도중에 필요한 연대표를 만들거나 보강해도 됩니다. 연대표는 자서전 쓰기에 이용하는 도구의 하나일 뿐이므로, 나에게 도움이 안 될 것 같으면 어떤 선생님이 강조했든 간에 적당히 패스해도 됩니다.

또한 연대표를 만들어 놓고 그것을 보면서 자서전을 쓰는 경우, 아무래도 연대순으로 글을 쓸 수밖에 없습니다. 태어나서 지금까지 시간 순으로 쓰게 된다는 말입니다. 이렇게 되면 쓰는 사람도 지루하고 읽는 사람도 밋밋한 역사책 보는 듯한 느낌을 받기 쉽습니다.

예전에 자서전은 개인적인 역사의 기록으로 여겨졌고, 그래서 자서전 쓰기에서도 역사를 기록하는 방식을 기본 문법처럼 강조하는 경향이 있었습니다. 그러나 이제 자서전은 좀 더 자기 취향에 따라 쓰고 싶은 얘기를 자유롭고 편하게 써도 되는 쪽으로 인식을 바꿀 시기라고 생각합니다.

시간 순으로 나열하는 방식에 머물지 않고, 내게 중요한 사건을 제일 먼저 써도 되고, 내 마음에 떠오르는 감정을 우선해서 쓰는 등, 마음 가는대로 써도 좋을 것입니다. 그런 편이 더 개성적인 자서전을 남길 수 있는 길이라고 봅니다.

연대표는 자서전을 쓸 때 이용할 수 있는 여러 도구 중에 하나입니다. 필수 과정은 아닙니다. 완성된 연대표가 없어도 얼마든지 좋은 자서전을 쓸 수 있다는 사실을 염두에 두고, 각자 자서전 쓰기에 도움이 되는 방향으로 연대표를 만들어 활용하십시오.

4장

자서전 글쓰기의 기본

기본은 비교하지 않기

글 잘 쓰는 비법으로 오래 전부터 전해오는 말이 있습니다.

많이 읽고, 많이 쓰고, 많이 생각하라(多讀, 多作, 多商量).

이 말은 중국 송나라의 명문장가로서 당송8대가로 꼽히는 구양수(歐陽脩)가 남긴 명언입니다. 약 1천 년 전의 말인데도 글 쓰는 사람들이라면 누구나 수긍하지 않을 수 없는 비법 중에 비법입니다. 너무나 당연하고 잘 알려진 명언이라서 덧붙일 설명은 없지만, 거기에 빗대어 자서전을 쓰는 분들에게 한 가지 조언할 것이 있습니다.

충실한 자서전을 쓰기 위해 여러 참고 자료를 찾아 읽고 도움이 될 만한 책을 많이 읽는 것은 좋습니다. 하지만 서점에 나온 자서전 부류는 열심히 읽지 않아도 됩니다. 아니, 당분간 멀리하는 쪽이 좋겠습니다. 자서전을 쓰려는 데 남의 자서전을 멀리하라니, 무슨 말인가 싶을 수도 있을 테지만, 시중의 자서전이 지금 자서전을 쓰려고 나선 당신의 의욕에 오히려 찬물을 끼얹을 수도 있기 때문입니다.

서점에 나온 자서전은 9할 이상 유명한 인물이거나 정치인이나 기업인 등의 책입니다. 보통 사람들도 자서전을 자비 출판 형식으로 세상에 내놓기는 하지만, 유감스럽게도 그런 책은 대형서점에서 직원에게 문의하거나 인터넷으로 찾아 주문할 수는 있어도 서점의 매대에서는 쉽게 찾기 어렵습니다.

　서점의 매대에 번듯하게 올라와 있는 자서전은, 유명한 인물의 책이니만큼 이야기도 화려하고 글도 흠잡을 곳이 없습니다. 그도 그럴 것이 그런 자서전은 그 사람이 혼자 고군분투하며 쓴 글이라기 보다는 여러 전문가의 도움을 받아 만들어진 책이라고 보는 편이 맞기 때문입니다. 일부의 얘기지만, 직접 쓴 글은 한 줄도 없이 책을 내는 경우조차 있습니다. 그래도 많은 비용을 들여 전문가를 동원한 결과물이기 때문에 디자인도 좋고 문장도 좋습니다. 그렇게 많은 돈을 들여 잘 만든 유명인들의 자서전을 읽다 보면 자기도 모르게 비교하게 됩니다. 그러다보면 내 이야기가 심심해 보이고 내가 쓴 글이 많이 부족하다고 느껴질 수도 있습니다.

　여기서 잊지 말아야 할 것이 있습니다. 유명하지 않아도 내 삶은 분명 나름의 가치가 있다는 사실입니다. 그렇기 때문에 내 이야기 또한 나름의 가치가 있습니다. 전문가의 도움을 받은 적도 없고, 글쓰기가 손에 익은 사람이 아니라서 거칠게 마무리된 문장이라도 괜찮다는 것을 잊지 말아야 합니다. 오히려 우리의 독자들에게는 어떤 이의 글보다 감동적으로 와 닿을 수 있다는 점을 다시 상기해 보십시오.

수백 억 원이나 되는 피카소의 그림과 우리 아이가 어릴 적 그린 가족의 모습, 두 그림 중 어느 것을 보았을 때 여러분의 얼굴에 미소가 지어질까요? 어느 그림이 더 마음을 움직일지, 우리는 정답을 알고 있습니다. 우리의 글은 분명 그런 마음으로 읽히게 될 터입니다.

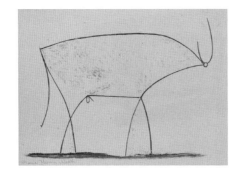

파블로 피카소의 석판화
〈황소〉 중 일부.

많이 읽고, 많이 쓰고, 많이 생각하십시오. 하지만 서점에 전시된 누구누구의 글과 비교할 필요는 없습니다. 우리가 쓰는 자서전의 목적은 자기 홍보도 아니고 많이 팔아 수익을 올리기 위함도 아닙니다. 마음가는대로 편하게, 그러나 최선을 다해 솔직히 썼다면 그로써 기본은 충실한 것입니다. 내 삶을 조금이라도 담을 수 있었다면 그것만으로도 훌륭한 글입니다. 자신을 갖고, 나의 독자를 믿고 쓰십시오.

이다 했다? 입니다 했습니다?

글을 쓰기 시작한 많은 분들이 질문합니다.

"이다 했다로 써야 하나요, 입니다 했습니다로 써야 하나요?"

자서전이다, 질문했다, 이는 반말(평어)입니다. 남에게 무턱 대고 이런 식으로 말을 하면 예의 없는 사람이 되겠지만, 글을 쓸 때는 기본형이라고 할 수 있습니다. 예를 들어 신문기사를 보면 전부 '이다 했다'로 되어 있습니다. 역사책 같은 것도 모두 '이다 했다'입니다. 문장에서는 흔히 쓴다고 해도 어린이가 어른에게 편지를 보내면서 '이다 했다'로 쓰면 부자연스럽겠지만, 자서전은 사실상 나의 윗사람에게 올리는 글이 아니므로 '이다 했다'로 쓰더라도 아무 문제가 없습니다.

자서전입니다, 질문했습니다, 이와 같은 문장으로 글을 쓸 수 도 있습니다. 높임말(경어)로 쓰는 것인데, 이 책도 그렇게 쓰여 있습니다. 가르치고 설명해야 할 경우에는 권위적인 느낌을 조금이라도 덜어내는 편이 좋을 듯 해서 높임말로 쓴 것입니다. '이다 했다'로 쓴 책이 많아서 높임말로 쓴 책이 낯설게 느껴지는 독자도 있을지 모르겠습니다. 하지만 최근에는 일부 신문(강원도민일보의 사설 등)이나 딱딱한 글의 대명사인 법원 판결문 등에서도 높임말을 쓰는 경우가 늘고 있습니다.

사전 설명이 좀 길어졌습니다만, '이다 했다', '입니다 했습니다', 어느 쪽으로 쓰든 상관없습니다. 본인이 편한 쪽을 선택하여 쓰면 됩니다.

주의할 점은 '이다 했다', '입니다 했습니다'를 섞어서 쓰면 안 된다는 것입니다. 어느 쪽이든 한번 결정하면 끝까지 그 형태로 써야 합니다. 혼용은 절대 금물입니다. '이다 했다'로 쓰다가 중간에 마음이 바뀌어서 '입니다 했습니다'로 변경하려면 글 전체를 바꾸는 데 상당한 수고를 해야 하므로 처음에 신중히 생각해서 결정해야 합니다.

구어체도 괜찮지만

군대 경험이 있는 분들은 기억하실 것입니다. "모든 말은 다와 까로 끝난다!", '했어요'라고 하면 안 되고 '했습니다'라는 식으로 하라는 말입니다. 말을 할 때도 구어체를 쓰지 말고 문어체로 하라는 지침인 셈입니다. 군대에 그런 지침이 있었을 정도로 사회적으로 구어체보다는 문어체를 우선하는 경향이 있습니다. 하물며 자서전은 글이니까 '~요, ~거야'와 같은 구어체 보다는 문어체로 쓰는 것이 정석이라고 할 수 있습니다.

그런데 최근에는 핸드폰 문자(SMS), 카카오톡, SNS(페이스북, 트위터 등) 등의 영향으로 글을 쓸 때도 구어체가 보다 폭넓게 받아들여지고 있습니다. 이제 만화는 물론이고 문학에서도 구어체 작품을 어렵지 않게 찾아볼 수 있을 정도가 되었습니다.

구어체는 말하는 식으로 쓴 것이라서 글쓴이의 감정을 보다 쉽게 전달할 수 있다는 장점이 있습니다. '아프다구'(구어체), '아프다'(문어체)를 비교하면 금방 이해가 갈 것입니다.

구어체와 문어체를 간략하게 비교해 보면 다음과 같습니다.

구어체 : ○○동으로 이사를 갔는데, 거기는 그렇게 멀지 않은 곳이었지만 전에 살던 데하고는 많이 달랐어요. 왜냐하면 거기는 가정집보다 상점이 더 많은 동네였거든요.
문어체 : ○○동으로 이사를 갔다. 그리 멀지 않은 곳이었지만 전에 살던 데하고는 많이 달랐다. 가정집보다 상점이 더 많은 동네였기 때문이다.

구어체가 더 부드럽고 친근감도 있지만 문장이 늘어지는 느

낌이 큽니다. 구어체에서는 문장을 짤막하게 쓰면 화난 말투처럼 보이기도 해서 간결한 문장으로 쓰기가 쉽지 않습니다. 반면 문어체는 문장을 적절한 길이로 자르기가 상대적으로 쉬워서 간결하게 쓸 수 있습니다. 대신 구어체보다는 다소 딱딱한 느낌을 줍니다.

구어체는 말하는 그대로를 옮기기 때문에 처음 쓸 때는 편한 것 같지만 자서전처럼 긴 글을 쓰다보면 난감함을 느낄 수도 있습니다. 내 심정을 편하게 쓰기에는 구어체가 걸맞지만 정경이나 상황을 묘사하는 데는 문어체가 적합하기 때문입니다. 자서전 전체를 독백하듯 쓸 계획이 아니라면 자서전을 쓸 때는 역시 문어체로 쓰는 편이 좋습니다.

다만, 자서전 속에서 "(큰따옴표)"로 대화를 그대로 옮길 때가 있을 것입니다. 그런 경우, 따옴표 안의 말은 구어체는 물론이고 사투리도 마음껏 활용하여 생동감 있게 써도 괜찮습니다.

 유행어에 주의

3장의 예문 중에 "삼식이"라는 단어를 쓴 바 있습니다. 그 단

어가 무슨 뜻인지 알고 피식 웃은 독자도 있을 테지만 '사람 이름인가?' 하고 생각한 독자도 있을 것입니다. 혹 모르는 분을 위해 설명을 붙여 놓자면, 삼식이란 은퇴하고 집에만 들어앉아 아내에게 하루 세끼(3식)를 차려 달라고 하는 남편을 이르는 유행어입니다. 삼식이의 뜻을 정확하게 아는 독자라면 그 단어에서 남편이 은퇴한 상태라는 사실까지 알아챌 수 있겠지만 그런 신조어에 어두운 독자라면 무슨 농담인지 가늠할 수가 없을 것입니다. 더군다나 '삼식이'는 삼세기라는 생선의 전라도 방언이기도 하니 엉뚱한 방향으로 헷갈릴 수도 있습니다.

자서전은 어디까지나 개인적인 기록이기 때문에 모든 단어에 대해 표준어를 고집할 필요는 없습니다. 간간히 사투리나 유행어, 신조어를 써서 글에 활기를 주는 것도 나쁘지 않습니다. 어쩌면 그런 글이 먼 미래에는 어학 자료의 역할을 할지도 모릅니다. 다만, 삼식이 같은 유행어나 신조어, 흔하지 않은 사투리를 글에 쓸 때는 그 의미도 자서전에 설명해 줄 필요가 있습니다.

"삼식이(은퇴 하고 집에만 들어앉아 아내에게 하루 세끼(3식)를 차려 달라고 하는 남편을 이르는 신조어)"

"나중에 읽을 후손들이 모를까 봐 설명해 두는데, 삼식이라는

> 건 은퇴 하고 집에만 들어앉아 아내에게 하루 세끼(3식)를 차려
> 달라고 하는 남편을 뜻하는 말이다."

예문처럼 괄호( )를 활용해 설명을 추가해도 좋고, 문장 속에서 자연스럽게 설명해도 좋습니다. 워드프로세서를 잘 쓰는 사람이라면 각주를 활용해도 괜찮을 것입니다. 어느 쪽이든 편한 방법을 쓰면 되고, 각 방법을 적절히 혼용해도 좋지만 표준어가 아니라면 남들이 다 알고 있을 법한 단어라도 설명을 곁들이는 편이 좋다는 점을 기억해 두시기 바랍니다.

새도 없었다. 아무튼 비는 안 왔다. 결혼식장은 ○○예식장이었다. 서울 종로구에 있었다. 일생에 한번 뿐인 결혼식이라서 원래는 좀 더 예쁜 곳에서 식을 올리고 싶었는데 봄이라서 다른 예식장들은 예약이 찼다고 해서 할 수 없이 ○○예식장으로 정할 수밖에 없었다. 생각이 난 김에 인터넷으로 찾아보니 검색이 안 되는 거 보니 이젠 없어진 거 같다.

신랑 ○○○. 지금도 같이 사는 그 사람이다. 삼식이[1]가 다 되었다. 식장에서 나보다 더 긴장해서 땀을 뻘뻘 흘리던 모습이 기억난다. 그날 나는 시어머니 화장이 너무 진해서 깜짝 놀랐는데 신랑은 그보다도 내 신부 화장이 진해서 못 알아볼 정도였다고 한다. 지금 생각하면 우습지만 옛날에는 다들 그렇게 했

[1] 은퇴하고 집에만 들어앉아 아내에게 하루 세끼(3식)를 차려 달라고 하는 남편을 이르는 유행어.

워드프로세서의 각주 예시.

우리 자서전의 독자는 미래에 있고, 그들은 그 유행어가 무엇인지 전혀 모를 수 있다는 점을 감안해야 합니다.

누가, 언제는 반드시 체크!

　자서전이라는 특성상 가족 얘기가 많이 나오게 됩니다. 그런데 읽다 보면 대체 아버지가 한 말인지 내가 한 말인지, 혹은 배우자(남편 또는 아내)가 그랬다는 건지 내(저자)가 그랬다는 건지, 헛갈리는 경우가 가끔 있습니다. 글 초반부에 누구의 이야기인지 주어를 쓰기는 했겠지만, 얘기가 좀 길어지다 보면 그것이 흐릿해질 수 있는 것입니다. 쓰는 사람으로서는 모두 자기 머릿속에 있는 얘기라서 혼동할 일이 없을지 몰라도, 읽는 사람(독자)의 입장에서는 누가 누구 얘기를 하는 건지 고개를 갸웃하게 만들 수도 있습니다.

　자서전을 쓸 때의 기본은 육하원칙(六何原則)입니다. '언제 어디서 누가 어떻게 왜 무엇을'을 말합니다. 원래 신문기사에 대한 원칙이지만 자서전을 쓸 때도 빠트려서는 안 되는 철칙입니다. 육하원칙만 정확하게 지켜도 기본 이상의 문장이 됩니다.

　그런데 글을 쓸 때마다 '언제 어디서 누가 어떻게 왜 무엇을' 하고 중얼거리면서 쓰다 보면, 그것이 또 나름 스트레스를 주기도 합니다. 육하원칙만 생각하면서 글을 쓰면 문장이 꼭두각시 움직임처럼 뻣뻣해지기도 합니다.

그럴 때는 육하원칙 중 '누가'와 '언제'만큼은 꼭 챙겨야겠다고 마음먹고 써 보십시오. 육하원칙의 6개를 챙기는 쪽보다는 부담이 다소 덜할 것입니다. 자서전은 가족 얘기가 많아서 특히 '누가'를 분명히 써 두지 않으면 혼동될 수 있습니다. 또한 인생을 기록한 자서전인만큼 '언제' 일어난 일인지가 명확해야 합니다. 이 두 가지만 잘 지키면 나머지 '어디서 어떻게 무엇을' 등은 자연스럽게 포함될 것입니다.

✍ 한자는 줄이는 쪽으로

글을 쓰다보면 한자(漢字)를 100% 외면하기가 어렵습니다. 이 책을 쓰면서도, 바로 앞 문장에 굳이 漢字라고 붙인 이유는 혹시라도 '한자'라고 쓴 것을 '한 자'(한 글자)라고 잘못 받아들일지도 모른다는 염려 때문입니다.

그런데 핸드폰의 문자 보내기나 카카오톡 등에서 한자를 덧붙여 쓰는 사람은 본 적이 없습니다. 매일 쓰는 카카오톡에서 한자를 어떻게 입력하는지 모르는 사람도 적지 않을 것입니다. 이는 한자를 굳이 덧붙이지 않아도 소통을 하는 데는 별 문제가 없음을 뜻한다고 할 수 있습니다.

그럼에도 불구하고 글을 쓸 때 거의 습관적으로 한자를 덧붙이는 분이 있습니다. 솔직한 말로, 그래야 글이 더 유식해 보인다고 믿는 사람도 있는 것 같습니다. 자서전은 어디까지나 개인 취향이 최우선이므로 한자를 많이 넣어서 글을 쓰고 싶다면 그 또한 개성으로 존중되어야 합니다.

그러나 지금 젊은이들은 한자를 잘 모릅니다. 한자를 쓰지 않아도 의사소통은 물론 일상생활에 전혀 지장이 없기 때문입니다. 한자를 써야 글이 유식해 보인다고 믿는 사람들조차 스마트폰에서는 한자를 쓰지 않는다는 현실을 보면, 이 추세는 앞으로 더욱 강화될 것으로 예측됩니다. 따라서 한자를 얼마나 쓰든 그것은 저자 맘대로지만, 한자를 많이 쓸수록 읽는 사람에게는 거추장스러울 수 있다는 점을 감안해야 합니다.

특히 자서전을 집필하는 데 워드프로세서를 쓰지 않고 손글씨로 쓰는 분이라면, 한자의 사용은 자제하는 편이 좋습니다. 자기가 쓴 글을 그대로 복사해서 복사지를 묶는 형태의 자서전을 염두에 두고 있다면 별 상관이 없겠지만, 그 외의 다른 형태—책, 전자책 등으로 자서전을 남기고자 한다면 한자가 사소하지만 번잡스러운 문제를 일으킬 소지가 있기 때문입니다.

손글씨로 쓴 원고를 책이나 다른 디지털 매체로 만들려면 우선 모든 글을 입력해야 합니다. 누군가 다른 사람이 컴퓨터의 워드프로세서로 타이핑할 수밖에 없는데, 남의 글씨를 보면서 타이핑하자면 아무래도 오타가 생기기 마련입니다. 특히 손으로 쓴 한자는 입력할 때 잘못이 생길 확률이 상당히 높은 편입니다. 한자를 잘 모르는 세대가 입력을 할 가능성이 높고, 그래서 비슷한 모양의 다른 한자로 혼동하는 일이 생기기 쉽기 때문입니다. 예를 들어, 앞서의 경우에 漢字가 아니라 漢子로 오타를 낼 수도 있습니다. 단어의 뜻을 명확하게 하려고 일부러 써넣은 한자가 오히려 뜻을 흐리는 꼴이 되는 것입니다.

오자 위험을 줄이고 독자가 쉽게 읽을 수 있도록 과도한 한자 사용은 피하는 편이 현명합니다. 특히 손글씨로 원고를 쓰는 저자라면 꼭 써야 할 한자만 정자로 크고 또렷하게 써서 입력 실수를 막도록 해 주어야 합니다.

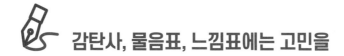 ## 감탄사, 물음표, 느낌표에는 고민을

글쓰기 공부의 모범이 되는 신문기사는 물론이고 TV에서 나

오는 뉴스를 보면 아나운서나 기자들이 절대 '아!' '와!' '아차!' 와 같은 감탄사를 쓰지 않음을 알 수 있습니다. 요즘엔 '대박!' 이라는 감탄사도 일상 대화에서는 많이 쓰지만, 문장을 쓸 때 감탄사는 되도록 자제하는 것이 글쓰기의 기본입니다.

'너무나 아름다운 시절이었다'라고 썼더니 아무래도 내 감정이 충분이 들어가지 않은 것 같아서 '아! 너무나 아름다운 시절이었다!'라고 고쳐 썼다고 예를 들어 보겠습니다.

글을 쓴 본인은 감정이 강조된 것처럼 느껴져서 만족스러울 수 있습니다. 감정이 강조되었다는 측면은 맞다고 할 수 있습니다. 하지만 글을 읽는 쪽에서는 신파극 대사 같은 느낌이 들 수도 있고, 과장된 느낌을 받을 수도 있음을 감안해야 합니다.

감탄사도 쓰라고 만들어진 단어이고, 욕설도 아니므로 절대 사용해서는 안 된다는 말은 아닙니다. 다만, 감탄사를 자꾸 쓰면 글이 가벼워 보이고 때때로 본의 아니게 우스워 보일수도 있다는 점을 유의해 주십시오.

물음표(?)나 느낌표(!)도 너무 많이 쓰지 않도록 주의해야 합니다.

물음표를 붙인다는 것은 문장이 질문 형태—의문형임을 의미합니다. 의문은 '의심스럽게 생각한다'는 뜻이고, 의문형은 '말하는 이가 듣는 이에게 대답을 요구하는 문장 형태'를 뜻합니다. 그래서 물음표를 쓴 문장은 누군가에게 따지는 듯한 느낌을 주는 경우도 있습니다. 또한 의문형 문장이 많으면 자기 말에 자신이 없어서 자꾸 상대방의 동의를 구하는 듯한 느낌을 주기도 합니다.

느낌표를 많이 쓰는 것도 좋은 문장을 일구는 방향은 아닙니다. 신문을 펼쳐 살펴보면 한 페이지에서 느낌표(!)를 하나도 찾기 어려울 정도로, 원래 느낌표는 차분한 문장에서는 기피 대상입니다. 느낌표를 짧은 구호나 광고 문구에 쓰면 힘이 있어 보이지만, 일반 문장에서 많이 쓰면 호들갑 떠는 인상을 주거나 우격다짐으로 말하는 이미지가 연상될 우려가 있습니다.

볼테르의 명언, "말하는 것처럼 쓰라"를 다시 꺼내봐야 합니다. 말하는 것처럼 썼는지 확인하는 가장 좋은 방법은 쓴 글을 소리내 읽어 보는 것입니다. '아' '?' '!' 가 붙은 문장을 소리내 읽어보면 부자연스러움을 느끼는 경우가 대부분일 것입니다.

'아'든 '?'든 '!'든, 필요하면 써야 합니다. 그러나 감탄사, 물음표, 느낌표를 적절하게 써서 독자의 공감을 불러일으키

프랑스를 대표하는 작가이자 철학자인 볼테르(1694~1778).

는 문장을 쓰는 것은 쉽지 않은 기술입니다.

글을 고칠 때만큼이라도 감탄사, 물음표, 느낌표가 붙은 문장은 각별히 신경 써서 보기 바랍니다. 그것이 꼭 필요한 사용인지 재차 고민해 보아야 할 것입니다.

감탄사, 물음표, 느낌표가 붙은 문장은 약간 달뜬 감정이거나 살짝 기분이 고양된 상태에서 쓴 경우가 많습니다. 나중에 차분한 기분으로 그 문장을 다시 읽어 보면 본인도 썩 마음에 들지 않을지 모릅니다.

5장

글이 잘 안 써질 때 응급 처치

왜 글이 안 써질까?

글을 쓸 때, 특히 자서전처럼 상당한 분량의 글을 써 나가는 중간에 슬럼프에 빠지지 않는 사람은 없다고 해도 과언이 아닙니다. 글 쓰는 일이 직업인 작가들조차 어느 날 갑자기 글을 쓸 수 없는 상태에 빠져서 고생하는 경우가 드물지 않습니다. 심한 경우 다시는 글을 쓰지 못하거나 글을 써놓고도 발표하지 못하는 상태에 빠지기도 합니다. 대표적인 사례가, 《호밀밭의 파수꾼》으로 유명한 J. D. 샐린저입니다. 《호밀밭의 파수꾼》이 엄청난 인기를 끌면서 일약 세계적인 주목을 받는 작가가 되었지만, 그 직후부터 은둔을 시작했고 작품도 몇 편 내지 않고 지내다가 조용히 세상을 떠났습니다.

이렇게 이야기를 풀어내지 못하고 글을 쓸 수 없는 상태를 '작가의 벽(writer's block)'이라고 지칭하며, 이에 대한 심리학자들의 연구가 꾸준히 진행되어 왔을 정도입니다. 작가의 벽이라는 용어도 작가들의 슬럼프를 연구한 정신과 의사의 논문에서 나온 말입니다.

심리학자들의 연구는 전문적인 작가를 대상으로 한 것이라서 우리와 같은 보통 사람이 자서전을 쓸 때 느끼는 슬럼프와는 결이 좀 다를 수 있습니다. 또한 학자들의 분석이 바로 슬럼프를 타개하는 방책인 것도 아닙니다. 한방에 슬럼프를 떨치고 신나게 글을 쓰던 때로 되돌리는 비책은 유감스럽게도 없습니다.

작가의 벽은 자서전 완성을 위해 꼭 넘어서야 할 단계입니다. 비책은 없지만, 그렇다고 시간이 약이겠거니 하고 기다리기만 하면 해결되는 것도 아닙니다.

심리학자들의 연구에 더해 다른 분들의 상담을 받아온 경험을 바탕으로 글쓰기가 막혔을 때 도움이 될 몇 가지를 정리해 보았습니다.

자기를 탓하지 마세요

마치 막다른 길에 부닥친 것처럼 글을 쓰지 못하고 막막함에 빠졌거나, 왜 글을 써야 하는지 모르겠다는 회의감에 빠져 펜을 들지 못하는 상태를 다른 사람이 보면 그저 빈둥거리는 것처럼 보일지도 모릅니다. 하지만 심리학자들의 연구에 따르면, 많은 사람들이 예상하는 바와 달리 그들은 게으름에 빠진 것도 아니고 체력이나 정신력이 바닥나서 그런 것도 아니었다고 합니다. 또한 글을 써야겠다고 마음먹은 초심(처음의 동기)이 사라져서 그런 경우도 드물었다고 합니다.

연구 결과가 그렇지 않다고 밝히고 있음에도 불구하고, 글이 막히면 우리는 '내가 게으르구나', '그래, 내 주제에 무슨 글을 쓴다고…', '이런 거 누가 읽어 주기나 하겠나' 등등, 자기자신을 탓하기 쉽습니다.

그런 생각은 앞으로의 글쓰기에 새로운 힘을 불어넣는 데 적절한 방법도 아니고, 무엇보다도 사실이 아닙니다. 오히려 그런 자책이야말로 글쓰기의 벽을 만드는 요인 중 하나입니다.

글쓰기에 막힌 작가의 심리를 연구한 제롬 싱어(Jerome E. Singer)와 마이클 바리오스(Michael Barrios)의 말에 따르면, '완벽주의와 과도한 자기비판' 때문에 작가들이 힘들어 한다고 합니다. 그리고 글쓰기에 막힌 모든 작가들에게서 불행감을 찾아볼 수 있었다는 연구 결과도 내놓고 있습니다. 더 좋은 글을 써 보겠다는 완벽주의와 자기비판이 오히려 글쓰기의 동기와 건설적인 에너지를 갉아 먹는 결과를 만들어 버렸다는 뜻이라고 해석할 수 있습니다.

처음 자서전을 쓸 때를 생각해 보십시오. 뭘 어떻게 써야 할지 막막하고, 요령도 없어서 글을 썼다 지웠다 하며 갈팡질팡

하고 있었을 것입니다. 막 걸음마를 배운 아이가 금방 뛰어다닐 수 없는 것처럼, 이는 아주 당연한 일입니다. 글쓰기에 익숙하지 않으니 속도도 느리기 마련입니다. 우리 자신도 그 당연한 사실을 알기 때문에 자서전을 쓰기 시작한 초기에는 술술 써지지 않는다고 해서 자책하지 않았을 터입니다. '처음부터 잘 쓰는 사람이 어딨어, 이만하면 잘 쓰는 거지' 하고 스스로를 격려하기도 했을 것입니다.

그러다가 어느 정도 요령이 붙으면, 글쓰기가 재미있어지고 속도도 빨라집니다. 자서전 쓰기에서 보면 많은 분들이 초반을 넘어 중반 단계로 넘어가는 과정에서 그런 즐거움을 느낍니다. 러너스 하이(Runner's High)란 말이 있습니다. 마라톤처럼 장시간 지속되는 운동을 할 때, 처음에는 숨차고 힘들기만 하다가 어느 순간을 넘으면 숨도 편해지고 기분까지 좋아지는 현상을 말합니다. 글쓰기에도 그런 현상이 있는 듯 합니다. 이러한 글쓰기의 즐거움을 맛보게 되면 남은 부분도 쉽게 써질 것 같은데, 어느 날 문득 글이 잘 안 써지는 날을 맞이하게 됩니다. 앞서 말한 작가의 벽에 부딪히는 것입니다.

잊지 마십시오.

글이 잘 안 써진다, 자서전을 쓰는 일에 아무 의미가 없다고 느껴진다, 이는 자서전을 쓰다 보면 많은 사람들이 빠지는 함정으로, 하나의 과정과도 같습니다. 나만 그런 것이 아닙니다. 그러니 자기 능력을 탓하거나 의심하지 마십시오.

자신의 얘기를 내 마음대로 편하게 쓰면 된다고 책의 처음 부분에 썼습니다. 그 말을 다시 떠올리고, 그 말을 믿으십시오. 자서전 쓰기를 시작하면서 처음에 느꼈던 설렘과 각오를 되새겨 보십시오.

만일 친한 친구가 글을 쓰다가 막혀서 답답해 한다면, 우리는 어떻게 말해 줄까요?

"괜찮아, 다들 그랬다더라. 마음을 좀 편히 먹고 천천히 써." 라고 격려해 줄 것입니다. 그런데 막상 나 자신에게는 '내 주제에 무슨…', '이런 거 써 봤자 누가 읽어…' 하고 모질게 말하고 있는 것은 아닌지, 돌아보았으면 합니다.

자기 탓을 하지 않고 마음을 편하게 돌리는 것, 이것이 슬럼프 극복의 첫걸음입니다.

글쓰기를 놓지 마세요

산에 오를 때는 중간 중간 휴식을 취하면서 올라가야 합니다. 그런데 등산 경험이 있는 사람들은 잘 알다시피, 쉰다고 해서

풀썩 앉는 것은 좋지 않습니다. 가파른 길을 오르다가 숨이 턱에 차고 힘이 들면 미루지 않고 바로 휴식을 취하되, 땅에 앉지 말고 배낭만 내려놓고 선 채로 짧은 휴식을 취하라는 것이 경험 많은 등산가들의 충고입니다. 목적지에 도착한 경우가 아니라 중간 휴식을 취할 때 자리에 앉아 오래 쉬게 되면 산행에 적응된 체온이 떨어지는 등, 장기적으로 보면 더 많은 에너지를 빼앗겨 피로가 쉽게 쌓이기 때문입니다.

글을 쓸 때도 마찬가지입니다. 글쓰기가 막혔을 때, 글쓰기가 피로할 때는 억지로 참지 말고 잠시 쉬십시오. 그러나 글쓰기에서 손을 놓아서는 안 됩니다.

글쓰기에 막혔을 때, 여행을 떠나 재충전을 시도하는 분들을 종종 봅니다. 여행과 같은 기분전환은 글쓰기뿐 아니라 우리 생활에 좋은 자극이 됩니다. 그렇지만 그 기간이 너무 길면, 등산 도중 너무 긴 휴식을 취하는 것처럼 오히려 힘을 빼 버리는 역효과가 올 수 있습니다.

우리가 자서전을 쓸 때는 글을 빨리 쓰라고 재촉하는 사람도 없고 마감일도 없습니다. 그래서 마음 편하게 쓸 수 있지만, 한편으로는 미뤄 놓기 시작하면 한없이 미뤄질 수 있다는 함정도 있습니다.

경험에 따르면 2주 이상 손을 놔버리면 다시 글쓰기에 집중하기가 어려워집니다. 이제까지 글 쓰던 리듬감을 잃어서 워밍

업에 시간도 걸리고 피로도 쉽게 느끼게 됩니다. 글에서 손을 놓은 기간이 길면 길수록 그에 비례해서 다시 시작하는 데 힘이 듭니다. 내일부터, 월요일부터, 이런 식으로 자꾸 미루고 싶어집니다. 슬럼프를 벗어나고자 좀 쉬겠다고 한 것이 '자서전 중도 포기'로 이어지는 상황을 만들어서는 곤란합니다.

글이 막혀서 잠시 휴식을 취하거나 여행을 하더라도 글쓰기를 손에서 완전히 놓지 않도록 신경을 써야 합니다. 작은 수첩이나 스마트폰에 내장된 메모 기능을 이용해서 아직 쓰지 못한 부분을 떠오르는 대로 그때 그때 메모해 두거나, 집필에 도움이 될 책을 가까운 곳에 두고 잠깐씩이라도 읽어 보는 등, 자서전을 쓰는 중이라는 기분을 놓아서는 안 됩니다.

책을 읽어 보세요

앞서 글쓰기에서 완전히 손을 놓지 않는 방안 중 하나로, '책을 가까운 곳에 두고 잠깐씩이라도 읽어 보라'고 썼습니다.

자서전 쓰기를 다시 등산에 비유한다면, 책을 읽는다는 것은 산을 오르다가 때때로 주변 경관을 둘러보는 일과 비슷합니다.

땅만 보고 헐떡거리면서 오르다가 고개를 들어 아름다운 경치를 보면, 새로운 힘이 나는 것을 느끼게 됩니다.

그렇게 내 글쓰기가 막힐 때, 내 글에서 눈을 돌려 다른 좋은 글로 눈을 돌려 보십시오. 내 얘기와 내 글에서 떠나 다른 사람의 얘기와 글을 읽다 보면 기분전환도 되지만 새로운 아이디어가 떠오르는 것도 느낄 수 있습니다.

유튜브를 볼 수도 있고, 스마트폰으로도 이런저런 글을 읽을 수 있지만, 그런 쪽보다는 꼭 책을 통해 글을 읽으라고 권하고 싶습니다. 책에 담긴 글이야 말로, 좋은 경치—잘 다듬어진 글이기 때문입니다. 태교할 때 좋은 것만 보고 좋은 것만 먹으라고 하는 것처럼, 좋은 글을 봐야 좋은 글을 쓰는 법입니다.

인터넷 같은 데서 돌아다니는 정체불명의 문장은 읽는 순간에는 흥미로울 수 있지만 글쓰기의 양분이 될 글은 실상 그리 많지 않습니다. 출처도 애매한 것이 많아서 잘못 인용했다가는 두고두고 실수로 남을 수도 있습니다.

책이라면 어떤 장르든 상관없습니다. 수필은 물론이고 소설이나 시를 읽어도 좋은 양분이 됩니다. 그런 책들이 자서전 쓰기 하고 무슨 상관이 있다는 건가? 라는 생각이 들 수도 있을 것입니다. 이는 '좋은 경치를 본다고 해서 내 다리가 가벼워지는 것도 아닌데 산에 올라가는 데 무슨 도움이 되겠어?'라는 말과 비슷합니다. 다리가 가벼워질 일이야 없을지 몰라도 실제 등

산을 해본 분이라면 중간 중간 멋진 경치를 보는 일이 산을 오르는데 생각보다 큰 힘이 된다는 사실을 경험적으로 알고 있을 터입니다.

내 글을 잠시 내려놓고 책을 통해 좋은 글을 읽으면 기분전환도 되지만, 책에 담긴 어떤 구절이 마음에 들어와 나에게 새로운 문장을 쓸 영감을 주기도 합니다. 어떤 얘기를 읽다 보면 그것이 힌트가 되어 나의 기억과 추억을 이끌어내 주기도 합니다. 오래된 영화나 드라마를 보면 옛날 생각이 절로 나는 것처럼 말입니다.

책에서 발견한 좋은 문구를 따로 적어 두었다가 내 자서전에 인용해 보는 것도 좋을 것입니다.

책을 읽기 위해 꼭 책을 사야만 하는 것도 아닙니다. 도서관에서 책을 빌리거나 서점에서 조금씩 읽어 보는 것도 나쁘지 않습니다. 우리집이나 혹은 친구 집 책장에 꽂혀 있는 오래된 책을 꺼내 볼 수도 있겠지요.

여기서 4장에 쓴 바를 한 번 더 말하자면, 내 글과 비교하지 말고 좋은 경치를 즐기듯이 순수하고 편한 마음으로 책을 읽어야 할 것입니다.

좋은 책, 좋은 글로 내 안의 창의력을 다시 깨워 보십시오.

다른 장소에서 글을 써 보세요

주로 어느 곳에서 글(자서전)을 쓰냐고 묻는다면 '집'이라고 대답하는 경우가 많을 것 같습니다. 출퇴근에 힘을 뺄 필요도 없고 낮에는 의외로 조용하기 때문에 집에서 쓰는 것은 좋은 선택이라 할 수 있습니다. 어느 곳보다 익숙한 장소인 집이 주는 안정감도 글을 쓰는 데 도움이 됩니다.

그런데 공부하는 학생들을 보면 굳이 집을 나와 독서실이나 도서관에 자리를 잡는 경우가 많습니다. 심지어 조용할 리가 없는 카페에 앉아 공부를 하는 사람도 흔하게 볼 수 있습니다.

요즘 같은 카페는 있지도 않았던 교복 세대로서는 사람들이 여기저기서 얘기를 나누는 가게에서 공부를 한다는 게 얼핏 이해가 안 갈 수도 있습니다. 하지만 카페에서 들리는 음악과 대화음이 뒤섞인 적당한 크기의 소리를 '백색소음'이라고 하는데, 이것이 실제로 집중력을 높여 주는 효과가 있다는 연구 결과가 있습니다. 카페에서 공부가 잘 된다는 학생들의 말에도 일리가 있다는 뜻입니다.

글이 잘 써지지 않을 때는 카페에 가서 앉아 보는 시도를 해 봐도 좋을 것입니다. 카페가 마음에 들지 않는다면 공원도 좋습니다. 개방된 장소보다 사무적인 공간을 선호한다면 창업자들이 많이 이용하는 공유오피스를 찾아가 보는 방안도 있습니다. 대부분의 공유오피스는 1개월 이상의 계약제인 곳이 많지만 1일권을 판매하는 곳도 있고, 동료와 함께 1개월 이상을 계약하여 함께 이용할 수도 있을 것입니다. 그 외에 독서실의 새로운 형태라고 할 수 있는 스터디카페를 활용하는 방안도 있습니다.

요컨대, 글이 잘 안 써지거나 글쓰기가 지루하다고 느껴질 때는 이제까지 늘 쓰던 장소를 벗어나 다른 장소에서 글을 써 보라는 얘기입니다. 장소 자체가 중요하다기보다는 장소를 바꾸어 보는 시도가 중요합니다. 늘 보던 방송이지만 오늘은 재미없고 지루하다면 채널을 바꿔 보는 게 맞습니다. 의외의 장소가 답답한 글쓰기에 신선한 공기를 불어넣어 줄 수도 있습니다.

글을 보여 주세요

자기 글을 남에게 보여준다, 글을 써 본 분들은 이 간단한 일이 결코 쉽지만은 않다는 사실을 알 것입니다. 우리가 자서전을 쓰는 궁극적인 이유는 남에게 보여 주기 위함이지만, 내 글을 남에게 읽어 보라고 선뜻 내미는 데에 아무 주저함이 없는 사람은 드뭅니다. 그림을 그리는 화가들도 작품을 완성하기 전, 작품을 그리던 중간에는 아무에게도 그 모습을 보여 주지 않는 일이 흔하다고 합니다.

그러나 순풍을 받아 잘 나아가던 배가 갑자기 무풍지대에 빠져 바다 한가운데에서 오도 가도 못하고 서 있을 수밖에 없는 경우가 있듯이, 자서전을 쓰다가 갑자기 의욕이 떨어지고 다음 얘기가 생각나지 않는 상태가 되었을 때는 자극이 필요합니다.

선생님이나 전문가에게 글을 보여 주고 새로운 방향을 잡는 데 도움을 받는 것도 좋겠지만, 가까운 사람에게 글을 보여 주고 글을 읽어 나가는 지인의 표정을 살피는 것만으로도 새 힘을 얻는 데 충분한 의미가 있습니다. 글을 읽은 사람이 칭찬을 해 주면 힘이 될 테고, 잔소리 같은 것을 한다면 살짝 부아가 날지도 모르지만 그것도 입에 쓴 약으로 받아들이면 될 것입니다.

누구에게 보여 주고 어떤 말을 듣느냐는 어찌 보면 부차적인 것일 수 있습니다. 아직 미진한 단계의 글을 남에게 내밀 때 살짝 느끼는 부끄러움, 그 부끄러움은 잘못을 저질렀을 때 느끼는 수치감과는 전혀 다른 것입니다. 창작을 하는 사람만이 느낄 수 있는 특별한 부끄러움이라 할 수 있습니다.

그 특별한 부끄러움이 창작의 자극이 되고 스스로에게 분발의 계기가 되어 줄 수 있습니다. 바람을 잃고 멈춰 버린 범선처럼 글쓰기가 문득 멈춰 버렸을 때 남에게 글을 보여 주라고 조언하는 가장 큰 이유입니다.

함께 쓸 사람을 찾으세요

벨기에국립브뤼셀자유대학의 연구진은 다른 사람이 집중하는 모습을 보면 자신도 함께 집중력이 높아진다는 것을 실험으로 확인한 바 있습니다. 학생 시절에 친구들 몇몇이 함께 모여 공부를 한 경험이 있을 텐데, 그것이 실제로 좋은 공부법이었음이 밝혀진 셈입니다.

자서전을 쓰는 데에도 같은 효과를 노릴 수 있습니다. 학생 때는 열심히 공부하는 친구의 모습을 보면서 반쯤 경쟁심으로 덩달아 열심히 했을 테지만, 어느 정도 인생을 살아온 뒤에 함께 자서전을 저술하는 동료가 있어서 골똘히 글을 쓰는 모습을 보면, 경쟁심이 아니라 묵직한 전우애 같은 것이 느껴질지도 모르겠습니다.

무엇보다도 자서전 쓰기라는 단독 마라톤 같은 과정에서 서로를 격려한다는 의미가 있어서 매너리즘에 빠지거나 글이 잘 써지지 않을 때 큰 도움이 될 터입니다. 그런데 자서전을 쓰고자 하는 또 다른 사람을 찾는 일이 현실적으로 쉽지 않다는 것이 문제입니다.

일찍이 고령화사회에 접어들면서 자서전 쓰기를 문화와 복지 차원에서 권장하는 일본의 경우에는 자서전 쓰기를 가르치는 학원이나 단체가 우리나라와 비교할 수 없게 많아서 동료를 찾기도 쉬운 환경입니다. 나아가 지방자치단체까지 각종 지원에 나서서 문화포럼카스가이(文化フォーラム春日井)라는 복합문화시설에는 일본지분시센터(日本自分史センター, Personal History Center of Japan)를 두고 약 8천 권에 달하는 보통 사람들의 자서전을 모아두고 누구나 자서전 쓰기에 활용할 수 있도록 하고 있습니다.

일본지분시센터가 있는 가스가이 시의 문화포럼 카스가이. 일본에서는 보통 사람들이 쓴 자서전을 지칭하는 단어로서 '지분시(自分史, 자기 역사)'라는 신조어가 널리 쓰인다.

또한 도쿄도 분쿄구의 경우에는 요청에 따라 전문 상담원이 집으로 방문하여 자서전 쓰기에 도움을 주는 서비스도 있다고 합니다. 우리나라도 그러한 서비스가 생기고, 그에 따라 자서전 쓰기에 더 많은 사람들이 관심을 갖게 되어 동료 저자도 쉽게 찾아 교류를 나눌 수 있는 마당이 마련되기를 기대해 봅니다.

설계도를 그려 보세요

본격적인 자서전 쓰기의 준비 작업으로 자기 삶을 연도별로 정리하는 방법이 있습니다. 3장에서 설명한 연대표입니다. 연대표를 만들면 인생이 시간 순으로 일목요연하게 정리되므로 자서전을 쓰는데 탄탄한 바탕이 됩니다.

하지만 연대표를 만드는 일 자체에서 지루함을 느끼기 쉽고, 연대표를 만든 뒤 그것을 보고 쓰다 보면 자서전을 단순 시간 순으로 쓰게 된다는 등의 단점이 있어서 제 경우에는 연대표 만들기를 그리 강조하지 않는 편입니다.

다만, 글쓰기가 잘 나아가지 않을 때 한번쯤 내 자서전의 설계도를 그려 보라고 권하고 싶습니다. '자서전의 설계도'라고 하면 거창한 것 같지만 여기서 얘기하는 설계도란 그리 대단한 것이 아니니 부담 가질 필요는 없습니다. 설계도라고 했지만 낙서라고 편하게 생각해도 좋습니다.

스토리의 시각화라고 할 수도 있고 마인드매핑이라고 할 수도 있는데, 그런 명칭이야 아무래도 상관없으니 그냥 종이 한 장과 필기구를 챙겨 자리에 앉아 보십시오. 복사지도 좋지만 큰 종이가 편하니까 달력의 뒷장을 활용하는 것이 더 좋습니다. 그 종이에 이제까지 쓴 얘기를 간략하게 써 보십시오. 그뿐입니다.

'이제까지 쓴 얘기'라고 하니까 이제까지 쓴 원고를 꺼내 봐야 할 것 같지만, 꼭 그럴 필요는 없습니다. 이제까지 쓴 글의 목차를 만들라는 뜻이 아니므로 그냥 떠오르는 대로 종이에 써 보면 됩니다. 누구에게 보여줄 것도 아니고 나만 알아보면 되니까 이제까지 쓴 얘기를 핵심 단어 몇 개만으로 정리해 적는 것으로 충분합니다. 예를 들자면, [어린 시절] [부장 때 얘기] [큰애 얘기] 등과 같이 몇 단어면 됩니다. 종이의 적당한 위치에 단어를 써놓은 다음에는 눈에 잘 들어오게 동그라미를 그려 단어들을 묶어 줍니다.

이제까지 쓴 얘기를 그렇게 종이에 정리해 놓고, 그 다음에는 자서전에 쓰고 싶거나 쓸 예정인 얘기를 빈 공간에 더해 보십시오. 예를 들자면, 〔아이들에게 남겨 주고 싶은 말〕, 〔재작년 여행 얘기〕, 〔내 건강에 대해〕 등과 같은 글이 되겠지요. 쓴 내용과 앞으로 쓸 내용의 동그라미 색깔을 달리해서 그리면 보기가 더 쉬울 것입니다.

이 설계도는 앉은 자리에서 완성해야 하는 것이 아닙니다. 글 동그라미를 그려 넣다가 더 이상 쓰고 싶은 얘기가 떠오르지 않으면, 그 종이를 어딘가 잘 보이게 펼쳐 두십시오. 벽에 붙여 놓아도 좋을 것입니다. 오다가다 그 종이를 보다 보면 뭔가 떠오르는 게 있기 마련입니다. 그 종이를 본 누군가가 '그때 그 얘기는 안 쓰느냐'라고 아이디어를 낼 수도 있겠지요.

이 동그라미 설계도의 진짜 목적은 자서전 쓰기에 대한 관심을 놓지 않으면서 저자인 나를 포함한 주변 사람들의 아이디어를 이끌어내는 데 있습니다. 아무리 글쓰기가 막혔다고 해도 그 종이를 며칠 보다 보면 반드시 '아, 그 얘기도 써야지' 하고 무언가가 떠오를 터입니다. 그렇게 종이 여기저기에 글 동그라미를 더해 넣다가 보면 거기에 자서전의 얼개가 담겨 있음을 깨닫게 될 것입니다.

'이 얘기 다음엔 이 얘기를 쓰는 게 낫겠구나'라든가, '이 얘기와 이 얘기는 겹치는 느낌이네'라든가, '이 얘기는 꼭 쓰고 싶은데 어느 얘기 다음에 넣어야 자연스러울까?'라든가, 자서전의 전체적인 구조에 대한 아이디어를 이끌어내는 데도 유용하게 쓰일 수 있습니다. 모르는 사람에게는 낙서처럼 보이겠지만 자서전의 저자에게는 설계도가 될 수 있는 것입니다.

이는 각 이야기 덩어리(에피소드)의 연관 관계나 흐름을 이해하는 데 유용해서 소설이나 시나리오 작업을 하는 작가들이 곧잘 쓰는 기법입니다. 이 기법을 이용하면 내 자서전에서 이야기가 자연스럽게 흐르고 있는지 확인할 수 있습니다. 또한 빠진 얘기가 없는지도 쉽게 체크할 수 있을 것입니다.

별로 어려운 일도 아니니 글이 막혔을 때를 계기 삼아 부담 없이 시도해 보시기 바랍니다. 글쓰기 슬럼프 상태가 아니래도 자서전이 반 쯤 진척된 상황이라면 중간 점검 차원에서 한번쯤 그려 보기를 권하는 바입니다.

 ## 셀프 인터뷰를 하세요

말 그대로 자기 스스로에게 질문을 던져 보라는 말입니다. 자서전을 처음 쓰기 시작할 때도 그렇고, 쓰면서 이리저리 생각을

더듬는 것도 그렇고, 따지고 보면 자기 스스로에게 질문을 던지고 또 그 질문에 대답을 하는 일은 자서전을 쓰는 과정에서 항상 해오던 것이기는 합니다.

3장에서도 자서전을 쓰기 위한 이야기 떠올리기 방법으로 〈질문표 만들기〉를 제시한 바 있습니다만, 여기서는 작가의 벽에 부딪쳤을 때 그 벽에 작은 틈을 낼 수 있을만한 질문 몇 개를 직접 제시해 보겠습니다.

▶ 내 이름을 지어준 사람은 누구인가?
　그리고 내 이름이 가진 뜻은 무엇인가?

▶ 내가 태어난 곳은 무엇으로 유명한가?(특산물, 역사유적 등)
　현재는 어떤 모습으로 변해 있는가?

▶ 어릴 때 싫어한 음식은 무엇인가?

▶ 어릴 때 좋아한 놀이는 무엇인가?

▶ 중학교 때 가장 큰 고민은 무엇이었나?

▶ 이제까지 가장 슬펐던 일은 무엇인가?(부모님 상 제외)

▶ 처음으로 입원한 때는 언제이고, 무엇 때문에 입원했는가?

▶ 이제까지 저지른 큰 실수 3가지를 꼽는다면?

▶ 나이 먹고 보니 참으로 맞는 말이구나 하고 깨달은 바가 있다면?

▶ 2003년에 있었던 일 중에 가장 중요한 사건은 무엇인가?

▶ 나에게 있었던 가장 큰 변화는 무엇인가?

▶ 내가 절대 할 수 없는 것 10가지를 꼽는다면?

이상의 질문에 대해 곰곰이 생각해 본 뒤에 떠오른 생각을 메모해 보십시오. 여기서 질문에 대한 '답변'이 아니라 '떠오른 생각'이라고 지칭한 것에 주목해 주기 바랍니다.

위 질문을 그대로 쓰고 그 답변을 그대로 자서전에 쓴다면 이 책을 읽은 다른 사람과 비슷한 자서전이 되어 버리고 말 것입니다. 그래서는 안 되겠지요. 앞서의 질문은 여러분이 쓸 자서전의 내용을 좌지우지하기 위함이 아니라 글쓰기가 잘 안 될 때 소소한 자극의 하나로서 열거한 것임에 유의해야 합니다.

우선 질문을 읽고 뭐라 답하면 좋을지 생각해 보십시오. 대답거리를 생각하다 보면 그와 연관된 이런저런 기억과 감정이 떠오를 것입니다. 그것이 진국입니다. 생각이 떠오르면 바로 메모를 해두었다 자서전 쓰기에 활용하십시오.

미루는 것은 포기하는 것

자서전 쓰기가 막다른 길에 들어선 것처럼 느껴질 때 도움이 될 만한 여러 가지를 써 보았습니다. 여기에 마무리로 가장 중요한 조언을 더하려고 합니다.

'시작이 반'이라고 합니다. 틀린 말은 아니라고 생각합니다. 그러나 끝까지 마무리 하지 않는다면 그 반은 아무 의미가 없습니다.

자서전을 쓰겠다고 마음먹고, 또 쓰기 시작한 분은 자기자신을 위해 중요한 결단을 내린 것입니다. 아무나 할 수 있는 일인 것처럼 보이지만 아무나 할 수 없는 일입니다. 자서전을 쓰다가 슬럼프에 빠져서 글이 잘 써지지 않는 시간을 맞은 분이라면, 이 말에 크게 고개를 끄덕이지 않을 수 없을 것입니다.

글 쓴 경험이라고는 학교 다닐 때 일기 숙제나 국어 숙제 정도 밖에 없다는 분이나, 업무상 여러 문서를 다루어서 글쓰기에 익숙하다고 자부하던 분이나, 어떤 분이든 간에 자기 자서전을 일사천리로 막힘없이 써내려 단숨에 끝내는 사람은 본 적이 없습니다. 자서전이란 소설이나 논문이 아니고 우리의 인생을 훑어나가는 일 그 자체이기에 그렇습니다.

지나간 일이라고 해도 모두가 명확하고 또렷하지만은 않습니다. 아무리 생각해도 모호하고, 돌이켜 생각해봐도 이해가 안 가는 일이 여전히 많습니다. 시간에 따라 기억력이 흐려져서 그렇기도 하지만 인간이 지닌 이해력과 판단력에 한계가 있기 때문입니다.

더군다나 자서전을 쓰겠다고 마음먹은 자신과의 약속 외에는 아무 압력도 없는 상태입니다. 안 쓴다고 뭐라 하는 사람도 없고, 미룬다고 연체료가 붙지도 않습니다. 중도 포기하기에 이토록 좋은 요건을 지닌 일도 드물다고 할 수 있을 정도입니다.

글이 잘 안 써지기도 하고, 글쓰기가 싫증나기도 하고, 자서전에 대해 회의가 들기도 하는 것은 자서전 집필에 있어 하나의 과정이라고 해도 과언이 아닐 정도로 많은 분들이 겪는 어려움입니다. 유감스럽게도, 그 과정 속에서 하루하루 미루다가 끝내 자서전을 마무리 짓지 못하고 마는 사람도 적지 않습니다.

하루하루 미룰 때마다 나의 자서전은 사라져 가는 것입니다. 가족에게는 '뭘 쓴다고 하더니 포기하더라'라는 기억만 남기고, 후손에게는 무언가 쓰다만 글이나 남기는 데 그치고 말 수도 있습니다.

힘이 빠질 때, 딱 두 가지만 자기자신에게 말해 주십시오.

"자서전을 쓰는 일은 누가 뭐래도 큰 의미가 있는 일이다."

"미루는 것은 포기하는 것이다."

자서전의 내용은 각자 다를 터입니다. 그러나 자서전을 완성해낸 분은 내용이 어떠하든 간에 자서전 완주라는 대단한 일을 해낸 것입니다. 가족과 후손들의 박수를 받을 그 완성까지 조금만 더 힘을 내시기 바랍니다.

6장

문장을
다듬는 방법

많이 생각하라의 진짜 의미

많이 읽고, 많이 쓰고, 많이 생각하라(多讀, 多作, 多商量).

당송8대가 구양수의 이 명언은 앞서 4장에서 소개한 바 있습니다. 그런데 '많이 생각하라(多商量)'란, 그저 생각을 많이 하라는 의미에 그치는 것이 아니라, 약간의 의역을 더하면 '고민해서 많이 고쳐라'라는 뜻이 된다고 합니다.

읽고 쓰고 고친다. 이 3단계를 많이 하라는 말이 됩니다. 아무리 많이 읽고 많이 쓰더라도 충분히 고민해서 많이 고치지 않으면 좋은 문장이 빚어지지 않는다는 뜻일 것입니다.

더듬든 청산유수로 쏟아내든 간에 말은 한번 내놓은 것을 고쳐서 재차 얘기하는 법이 없습니다. 그러나 글은 그 반대로 써놓고 재차 고치지 않는 사람이 없습니다. 말은 흘러가 사라지지만 글은 남는 것이기 때문입니다. 게다가 남겨진 글이 누구에게 읽힐지 알 수가 없으므로 더 신중할 수밖에 없습니다. 단순하게는 오자를 찾아 고치는 일부터 크게는 저술 전체의 구성을 점검하는 일까지, 능력이 닿는 한 고치고 또 고쳐야 하는 것이 글쓰기입니다.

작가들도 글을 쓰는 것보다 고치는 일이 더 힘들고 시간도 많이 걸린다고 입을 모아 말합니다. 노벨문학상까지 받은 헤밍웨이는 그 유명한 《노인과 바다》를 출간하기까지 무려 2백 여 번이나 고쳤다는 얘기가 있을 정도입니다.

그런데 스스로도 완벽한 문장이 아니라는 것을 알면서도 막상 고치려고 들면 잘 되지 않는 것이 자기 글 고치기입니다. 자신이 쓴 글을 나중에 자신이 고친다는 일—지난 시간에 쓴 글에서 틀린 곳을 찾아내고 조금이라도 더 낫게 고친다는 것은, 과거의 나를 현재의 내가 가르치는 것과 같다고 볼 수 있습니다. 과거의 나보다 나은 내가 되어야만 가능한 일이라고 할 수 있습니다. 글 고치는 일이 어려울 수밖에 없는 이유입니다.

더구나 자서전 쓰기는 일반인으로서는 결코 쉽지 않은 장편 저술입니다. 최선을 다해 달려온 만큼 골인 지점에 들어왔을 때는 탈진 상태인 경우가 대부분입니다. 글이 일단 완성된 것은 기쁘기 그지없지만 한편으로는 앞으로 고칠 생각을 하면 '징글징글하다'고 말하는 분도 많이 보았습니다. '이 글을 이제부터 전부 다시 읽으며 고쳐야 한다니, 그것도 한번으로는 부족하다니…. 자서전 쓰기라는 여정은 참으로 길구나' 하고 한숨이 절로 나올 법도 합니다.

그러나 여기까지 와서 포기할 수는 없을 터. 내가 세상을 떠난 뒤에도 남아 있을 자서전의 완성도를 좌우하는 것은 바로 이 단계—'고민해서 많이 고쳐라(多商量)'의 단계입니다. 힘은 들지만 그래도 저술의 마지막 단계입니다. 다시 한 번 힘을 내야 할 시간입니다.

밀 것이냐 두드릴 것이냐

글을 쓴 후에 다듬고 고치는 일을 퇴고(推敲)라고 합니다. 밀 퇴(推), 두드릴 고(敲)입니다. 단어 자체에는 '글을 고친다'는 뜻이 전혀 담겨 있지 않습니다. 중국 당나라의 어느 시인이 시를 써 놓은 뒤에 마지막 싯구에서 '문을 민다'로 할까 '문을 두드린다'로 할까를 두고 오래 고민했다는 데서 유래한 말입니다.

문학계의 말답게 참으로 멋진 유래를 가진 단어이지만, 고치는 과정이 힘들어서 '퉤고'라든가 '토고'라고 우스개로 말하는 사람이 있을 정도입니다.

퇴고라는 과정은, 비유하자면 정상에 올랐다가 산에서 내려가는 과정이라고 할 수 있습니다. 오르느라 체력이 많이 소진되었고 정상에서 한숨 돌렸더니 다리도 살짝 풀린 상태입니다.

그래서 내려오는 길이니 더 편해야 하는데 그리 쉽지만은 않은 하산 길 말입니다. 산에 올랐다가 내려가지 않을 수 없는 것처럼 퇴고는 자서전 쓰기의 필수 과정이자, 좋은 문장을 남기고 싶은 욕심이 있다면 반드시 신경 써야 할 과정입니다.

퇴고에 대해서도 수많은 지침과 조언이 있지만, 자서전을 쓴 일반인 작가에게 맞춘 실용적인 포인트를 정리해 보겠습니다.

글 고치기의 기본 방향

글을 고칠 때 늘 염두에 두어야 할 기본적인 방향이 있습니다. 상황에 따라 지키지 못할 수도 있지만 가능한 지키도록 노력해야 합니다. 그것이 가장 빠르고 효율적인 방향이기 때문입니다.

① 다이어트

쓸 때는 몰랐는데 나중에 읽어 보면 문장이 어딘가 부자연스러운 때가 있습니다. 그런데 딱히 어디가 잘못 되었는지 모르겠다면, 뭐라 덧붙이기 보다는 어느 부분인가 빼는 쪽으로 궁리하는 편이 옳은 해결책인 경우가 많습니다. 어딘가 빼야겠다고 마음먹고 몇 글자든 문장 일부분이든 간에 빼놓고 보면 조금은 더 나아졌을 겁니다. 고친다는 것은 뺀다는 것을 의미하는 경우가 많습니다.

② 거리 두기

글을 쓴 뒤에 바로 고치려고 들면 잘 되지 않습니다. 글을 쓴 내가 아직 남아 있기 때문입니다. 앞서(5장) 글을 쓸 때는 슬럼프에 빠진 상황이라도 글쓰기를 손에서 놓지 말라고 조언한 바 있지만, 글을 고칠 때는 일단 글을 놓아주어야 합니다.

글쓰기를 마쳤으니 퇴고도 단숨에 마쳐서 빨리 자서전을 완성시키고 싶다는 욕심이 들 수도 있지만, 일단 글쓰기를 마쳤다면 한동안 글은 잊고 푹 쉬면서 다른 데 관심을 돌리는 편이 좋습니다. 시간 여유가 있다면 일주일 이상 시간을 두고 충분히 기분을 전환하십시오.

글과 그 글을 썼던 과거의 나와 거리를 둘 필요가 있습니다. 시간적 거리를 둔 다음에 글을 본다면 보다 객관적으로 검토할 수 있을 것입니다.

③ 의견 존중

이제 내 글을 남에게 보여 주어야 할 단계입니다. 첨삭 지도를 해줄 전문가가 있으면 좋겠지만, 그런 사람이 없다면 책읽기 좋아하는 주변 분에게 '읽어 보고 의견을 달라'고 부탁해도 좋을 것입니다.

다만 전문가가 아니라면 글에 대해 할 말이 있더라도 콕 집어 얘기하기 힘들다는 점을 감안해야 합니다. 정성 들여 쓴 글이라는 것을 아는 지인일수록 잘잘못을 지적하기 어렵기 마련입니다. 기분 나빠하지 않을 테니 허심탄회하게 의견을 말해 주기 바란다고 명확한 당부를 곁들이는 편이 좋습니다. 그리고 실제로도 어떤 의견을 듣더라도 '써 보지도 않은 네가 뭘 알아'라고 생각하지 말고, 열린 마음으로 그 의견을 듣고 글에 반영해 보는 쪽으로 노력해야 할 것입니다.

④ 낭독 기준

"말하는 것처럼 쓰라", 프랑스의 볼테르가 한 말을 다시 강조하겠습니다. 최소한 1회 이상 전체의 글을 소리 내서 낭독해 보아야 합니다. 글을 소리 내 읽어 보면 문법을 따지거나 하지 않아도 부자연스러운 부분을 본능적으로 감지할 수 있습니다.

중얼거리는 정도가 아니라 다른 사람에게 들릴 정도의 목소리로 읽어야 합니다. 듣다가 이상한 부분이 있으면 지적을 해달라고 가족 등에게 부탁하는 것도 좋은 방법입니다.

소리 내서 읽어 볼 때 뭔가 껄끄럽다는 느낌이 오거나 더듬더

듬 읽혀진다면 그 부분은 고쳐야 할 소지가 있다고 생각하면 됩니다.

 셀프 체크포인트

퇴고를 전문가에게 맡기는 경우라도, 최소한의 교정은 스스로 하는 것이 좋습니다. 자기가 할 수 있는 것은 최대한 스스로 처리해 두어야 더 심도 있는 조언을 받을 수 있기 때문입니다.

아래의 체크포인트에 따라 글 전체를 점검해 보시기 바랍니다.

① '이다 했다' '입니다 했습니다'가 섞여 있지 않은지

메모를 옮겨 적으면서 실수하는 등, 긴 글을 쓰다 보면 섞여 들어오기도 합니다. 그러나 '이다 했다' '입니다 했습니다'의 혼용이 있어서는 절대 안 됩니다.

② '누가'와 '언제'는 잘 있는지

누가 언제 한 일을 쓴 것인지 분명하게 밝혀 두었는지 다시 확인해 보십시오. 육하원칙의 다른 것이라면 몰라도 '누가'와

'언제'는 절대 빠지면 안 됩니다.

③ 연도와 날짜는 맞는지

숫자로 쓰는 연도와 날짜는 의외로 오자가 나기 쉽습니다. 예를 들어, 1978년이라고 써야 할 것을 1987년이라고 실수하는 식입니다. 8월을 6월로 잘못 쓸 수도 있습니다.

연도와 날짜의 실수는 정말 위험합니다. 이러한 실수는 전문가라도 찾아내기 힘든 데다가, 실수하면 그 얘기 전체가 거짓말이 되어 버릴 수도 있습니다.

연도와 날짜의 체크는 글을 쓴 본인 말고는 할 수 없는 일이므로 몇 번이고 확인해야 합니다.

④ 감탄사와 느낌표는 꼭 붙여야 하는지

'아'와 '!'가 붙어 있는 문장이 있는지 찾아보십시오. 그리고 그런 문장이 보이면, '아'와 '!'를 빼고 달리 쓰면 안 될지, 다시 한 번 생각해 보십시오.

⑤ 호칭 통일

자서전처럼 긴 글은 오랜 기간에 걸쳐 나눠 쓰기 때문에 평소에는 하지 않을 실수가 생기기도 합니다. 대표적인 실수가 호칭 혼용입니다.

예를 들어, 부친 아버지 아버님을 섞어 쓰는 경우가 있을 수 있습니다. 자신의 아버지라면 셋 중 어느 하나로 통일해서 지칭하는 것이 옳습니다. 큰형, 큰형님처럼 존칭을 붙였다가 떼었다가 하는 경우도 있습니다. 이 역시 통일하는 편이 좋습니다.

⑥ 제목은 그대로 좋은지

연도 별로 붙이든 에피소드 별로 붙이든, 어느 정도의 글 묶음에는 제목을 붙이기 마련입니다. 제목은 가게의 간판과도 같은 것입니다. 간판 글씨가 잘못 되면 망신스러운 일이 아닐 수 없습니다.

제목에 오자가 있지 않은지, 비슷한 제목이 또 있지는 않은지, 제목만 집중해서 다시 체크하는 시간이 꼭 필요합니다.

✍ 출판사 찬스

책 앞 부분에서 언급한 것처럼 나의 자서전을 읽을 독자는 문장의 유려함보다 우리의 마음을 읽어 줄 수 있는 사람입니다. 어느 정도의 실수나 어설픔은 개의치 않을 것입니다.

그렇다고 해도 자서전은 내가 세상을 떠난 후에도 남을 유산입니다. 그 점을 생각하면 조금이라도 더 글을 다듬어 좋은 모양으로 남기고 싶은 마음이 드는 것도 당연합니다.

좋은 글을 남기고 싶은데 혼자서는 한계가 있다고 느껴진다면 전문가의 도움을 받을 수도 있습니다. 앞에서 '퇴고'라는 단어의 유래를 썼지만, 그 일화에서도 고민을 거듭하던 시인이 우연히 당송8대가로 꼽는 한유를 만나 그의 의견을 듣고서 싯구를 정했다는 후일담이 있습니다. 다른 전문가의 의견을 구한 것이죠.

문제는 일의 특성상 일반 아르바이트생을 구하는 것처럼 글 고쳐줄 사람을 찾기가 쉬운 일이 아니라는 데 있습니다. 그런 때, 만약 자서전을 책으로 만들 계획이 있다면 책을 만들어 줄 출판사 측에 퇴고에 관한 서비스를 요청할 수 있습니다. 책을 만드는 출판사에는 그 분야를 맡아줄 직원이 있거나 외주로 일을 맡길 곳을 알고 있기 마련입니다.

출판사라면 오탈자와 같은 단순 교정부터, 글 전체의 맥락과 구조까지 총괄적으로 점검해 주는 저술 지원까지 저자의 요청에 맞춰 서비스를 제공할 수 있을 터입니다. 비용은 원고의 분량과 서비스의 레벨에 따라 달라지는데 수십만 원에서 수백만 원까지 폭이 넓습니다.

7장

자서전을 어떻게 남길 것인가

- 자서전의 마무리

- 자사전은 역시 책

- 전자책

- 복사 / 제본

- 블로그

- PDF파일

자서전의 마무리

자서전을 다 썼다면 그것을 어떤 형태로 남기느냐 하는 중요한 문제가 남습니다. 아무리 정성 들여 자서전을 썼다고 해도 그것이 제대로 전달되지 않으면 헛수고나 마찬가지입니다.

자서전을 완성하는 데 있어서 책이라는 형태로 남길 수 있다면, 최상의 마무리가 되리라 생각합니다. 누구에게나 선물 할 수 있고, 우리가 세상을 떠난 후에도 번듯한 유산이 될 것입니다.

그러나 일반적인 책으로 만드는 비용이 부담스러운 사람도 있을 수 있습니다. 비용 때문에 책을 만들 수 없다고 하더라도, 우리가 쓴 자서전은 어떤 형태로든 남겨야 합니다.

누가 읽어 주기를 바라는지, 어떤 모양이 좋을지, 비용은 얼마까지 지출이 가능한지 등을 고려하여 자서전을 남길 방법을 궁리해야 합니다.

자서전을 남기는 방법은 크게 나눠, 종이에 남기는 쪽과 디지털 매체에 남기는 쪽이 있습니다.

종이 쪽은 노트에 직접 손으로 써서 남기는 것에서부터 책으로 출간하는 것까지 여러 가지가 있으며, 디지털 매체에 남기는 쪽 또한 워드프로세서 파일부터 전자책까지 갖가지 형태를 선택할 수 있습니다.

클라우드니 빅데이터니 하는 단어가 주목 받는 요즘 분위기로 보면 종이로 남기는 것보다 디지털 매체로 남기는 쪽이 앞서가는 듯한 느낌이 들 수 있습니다.

이론적으로 디지털 매체는 썩거나 변질될 일 없이 영원히 존재할 수 있지만 실상을 보면 흐지부지 사라지기 쉽습니다. 핸드폰으로 찍어 저장한 사진은 핸드폰을 바꾸거나 또는 고장이 나면서 갑자기 없어져 버리기도 하지만 옛날에 카메라로 찍고 인화하여 사진첩에 끼워 둔 사진은 빛이 바랠지언정 수십 년이 지나도 남아 있는 경우가 많다는 사실을 떠올려 보면 수긍할 수 있을 것입니다.

그렇다고 종이로 남기는 편이 무조건 좋으냐고 하면, 반드시 그렇다고 할 수도 없습니다. 노트에 직접 손으로 써서 남긴 형태라면 소실의 위험이 적지 않기 때문입니다. 게다가 깔끔한 자서전을 남기려면 몇 번을 다시 써서 정서해야 하는 등, 너무 많은 노력이 들어간다는 점도 무시할 수 없습니다.

우리가 자서전을 남길 방법에는 무엇이 있는지, 장단점을 들어 하나씩 설명해 보도록 하겠습니다.

자사전은 역시 책

자서전을 쓰는 사람들에게 희망하는 자서전의 모양을 꼽으라고 물으면 단연 책이라고 대답합니다. 읽어 주었으면 하는 사람에게 정확하게 전달이 되며, 모양새도 가장 좋습니다. 또한 여러 형태 중에서 실질적으로 제일 오래 남는 것도 책입니다.

다만 책은 자서전을 남길 수 있는 여러 방법 중 비용이 제일 많이 든다는 단점이 있습니다. 제작 과정도 단순하지만은 않습니다.

돈이 꽤 든다는 것은 알겠는데, 과연 얼마나 드는지 궁금할 것입니다. 그래서 인터넷으로 찾아보기도 하고 물어보기도 할 테지만, 속 시원한 대답을 얻은 사람은 많지 않을 것입니다. '출판사나 관계자에게 직접 물어봤는데도 금액을 딱 부러지게 말하려 하지 않더라. 장사라서 그런가 보다'라고 불만스럽게 표현하는 분을 많이 보았습니다.

책을 만드는 데 얼마나 드는지 궁금한 것은 당연하고, 되도록 구체적인 금액을 알고 싶은 것 또한 당연합니다. 그런데 출판사

쪽에서도 정확하게 대답해 줄 수 없는 사정이 있습니다.

완성된 원고도 없는 상태에서 '얼마나 드냐?'라고 묻는 사람이 많기 때문입니다. 원고가 없으면 책을 만들 수 없습니다. 어떤 책이 될지 예상할 수도 없습니다. 게다가 어떤 형태의 책을 원하는지도 모르는 상태에서 그저 '책 내는 데 얼마쯤 드나요?'라는 질문을 던지면 출판사 입장에서는 딱 부러지는 대답을 내놓을 도리가 없습니다.

비유 하자면, 그런 질문은 '집 한 채 얼마면 사요?'라고 물어보는 것과 같습니다. 이 질문이 얼마나 의미가 없느냐 하는 것은 조금만 생각해 보면 알 수 있습니다.

단순히 '집'이라고 해도 서울 강남의 집하고 어느 산골짜기의 집하고는 가격 차이가 엄청나게 납니다. 게다가 같은 지역이라고 해도 면적이나 형태 등 집의 가격을 정하는 요소는 한두 가지가 아닙니다. 여기에 개인의 취향까지 더해지면, '집 한 채 얼마냐'는 뜬 구름 잡는 질문에 대해 속시원한 대답을 할 수 있는 사람은 아무도 없을 것입니다. 굳이 대답한다면 '거의 공짜로 얻을 수 있는 집도 있고 수 백 억짜리 집도 있고 그렇죠'라는 정도가 될까요.

책 출판 또한 마찬가지입니다. 원고는 고사하고 확실한 사양도 정하지 않고서 '책 한 권 내는 데 얼마 듭니까?'라고 물으면 '한 푼 안 들 수도 있고 수천만 원이 들 수도 있습니다'라는 정도의 대답 밖에는 내놓을 수가 없습니다. 이렇게 말하면 원가를 알려주고 싶지 않아서 빙빙 돌리는 것처럼 들릴 수도 있겠지만, 현실적으로는 그 정도의 대답이 최선이라는 점을 이해해야 합니다.

일생에 단 한 번 내는 자서전, 후손에게 남겨 줄 책이라고 생각하면 해외여행 대신 책을 내는 쪽으로 지갑의 방향을 돌려 볼 수도 있다고 생각합니다. 좋은 출판사를 찾으면 비용이나 과정도 한결 가벼워질 수 있습니다.

이번 7장에서는 책 이외에 저렴한 비용으로 자서전을 남길 수 있는 매체를 소개하고, 책과 출판사에 대해서는 8장에서 자세히 설명하도록 하겠습니다.

전자책

e북, 전자도서 등으로 부르기도 하는데, 일반적인 종이책이 아니라 디지털 형태로 만든 책을 말합니다. 일반 출판 과정 중에서 인쇄 부분이 빠지기 때문에 그만큼 제작비가 덜 듭니다.

원고가 워드프로세서(아래한글 또는 MS Word) 파일로 준비되어 있고, 사진 등이 없는 단순한 형태라면 최저 수십만 원 정도로도 전자책을 만들 수 있습니다.

단점은 디지털 매체라서 스마트폰이나 PC 같은 전자기기가 있어야만 읽을 수 있다는 점입니다.

내용을 읽는 데는 지장이 없지만, 종이를 넘기는 느낌이라든가, 누군가에게 선물로 준다 거나 하는, 보통 책의 효용은 전부 포기해야 하는 단점이 있습니다.

복사 / 제본

원고를 직접 복사/인쇄한 후 제본하는 방법입니다. 십여 권만 만들면 충분하고 자서전의 분량도 그리 많지 않다면 이러한 방법도 가능합니다.

이 방법의 장점은 워드프로세서(아래한글 또는 MS Word)를 사용하지 못해 손으로 쓴 글이라도 그대로 복사해서 묶으면 된다는 것입니다.

열 권을 만들어도 몇 십만 원이면 충분하므로 경제적 부담이 적다고 말할 수 있습니다.

단점은, 글을 쓰다가 틀리거나 고치고 싶은 곳이 생기면 곤란하다는 점입니다. 연필로 쓰고 지우개로 지운 부분이라도 지저분해 보이기 마련이라서 깔끔하게 보이려면 천상 그 페이지를 새로 써야 하는데, 자서전을 쓰다 보면 고칠 곳이 한두 곳이 아닐 터이므로 여러 페이지를 다시 써야만 하는 힘든 과정을 거쳐야만 합니다.

한편, 자필을 남기는 일은 특별한 느낌을 주기는 하지만 자기 글씨에 자신이 없는 분이라면 오히려 마음에 걸릴 수도 있습니다. 악필이라서 편지라면 몰라도 긴 분량의 자서전을 손글씨로 남기는 것은 무리라고 생각할 수도 있을 것입니다.

손글씨가 아니고 워드프로세서로 자서전을 썼다면, 앞서 언급한 단점은 극복할 수 있습니다. 그것을 PC의 프린터로 인쇄한 다음에 인쇄물을 필요한 부수만큼 복사하고 제본하는 방식을 선택하면 손으로 쓴 경우보다 작업도 한결 쉬워집니다.

다만, 이 경우에도 워드프로세서로 어느 정도 편집 기술을 구사할 줄 아는 사람이 아니라면 곤란합니다. 제목이나 문단의 편집 없이 글자만 빼곡하게 들어찬 A4지 상태의 자서전이라면 읽는 사람에게 상당한 피로감을 줄 수 있기 때문입니다.

복사지를 묶어 놓은 모양새 밖에 안 된다는 것도 단점입니다. 제본을 하더라도 번듯한 책으로서의 외양은 기대하기 어렵습니다.

블로그

블로그는 웹(web)과 로그(log)를 합친 단어로, 웹은 인터넷을 뜻하고 로그는 기록을 뜻합니다. 그러니까 블로그란 인터넷 상에 자신의 기록을 남기는 곳임을 의미합니다. 지금은 유튜브가 1인 미디어의 대명사로 올라왔지만, 그 전에는 블로그가 개인 미디어의 주류로서, '파워 블로거'처럼 큰 인기를 모으는 사람도 있었습니다.

블로그를 쓸 수 있는 공간은 지금도 여러 인터넷 서비스업체에서 무료로 제공하고 있으므로 블로그에 자서전을 남기고자 한다면 비용은 무료라고 할 수 있습니다.

글 수정도 간단하고, 사진 등도 비교적 쉽게 올릴 수 있어서 다채로운 형태의 자서전을 저술할 수 있다는 장점이 있습니다.

단점은 역시 디지털 매체이기 때문에 PC나 스마트폰으로 인터넷을 통해서만 볼 수 있다는 점입니다. 블로그 작성을 위한 기본 기능을 따로 배워야 한다는 점도 단점으로 추가 됩니다.

무엇보다 주의해야 할 점은, 블로그는 기본적으로 인터넷을 통해 누구나 볼 수 있기 때문에 가족들에게만 남기고 싶은 글을 전혀 무관한 타인이 볼 수도 있는 등, 프라이버시를 지키기 어렵다는 부분입니다. 역으로 생각하면 나의 이야기를 일반인에게도 널리 전할 수 있다고 볼 수 있을 테지요.

만약 블로그에 자서전을 남길 계획이라면, 인터넷 공간에 남기는 것이라서 읽을 사람을 제한하기 힘들기 때문에 사실상 만천하에 공개되는 것과 같을 수 있다는 사실, 사후에는 관리가 안 되어서 광고 댓글 같은 것이 붙을 수도 있다는 점 등을 사전에 염두에 두고 글을 써야만 할 것입니다.

PDF파일

PDF란 Portable Document Format을 줄여서 만든 이름으로, '어도비'라는 소프트웨어 회사가 만든 전자문서 형태입니다. 전자문서란 결국 디지털 매체이므로 위에 쓴 전자책과 같은 특성을 지닙니다. 스마트폰이나 PC 같은 전자기기가 있어야만 읽을 수 있다 거나 실물이 없어서 주고 받는 즐거움을 느낄 수 없다는 등, 보통 책이 지닌 효용은 포기해야 한다는 단점도 그대로 해당됩니다.

다른 점은 전자책과 달리 PC와 워드프로세서(아래한글 또는 MS Word)가 있다면, 제작비를 전혀 들이지 않고도 만들 수 있다는 점입니다.

워드프로세서로 만든 파일을 PC에서 인쇄하듯이 'PDF로 출력'을 선택하면 간단히 내가 쓴 자서전의 PDF파일이 만들어집니다. 워드프로세서에서 작성한 페이지 그대로 PDF파일이 만들어지고, 그 PDF파일을 가정용 프린터를 이용해 A4지에 인쇄하여 읽을 수도 있습니다.

주의할 점은 '워드프로세서에서 작성한 페이지 그대로'라는 부분입니다. 이는, 책 정도까지는 아니라고 해도 읽어 줄 사람을 위해서는 제목 글자는 크게 해 준다거나 페이지를 바꿔준다거나 하는 최소한의 디자인은 할 줄 알아야만 함을 의미합니다. 그런 최소한의 디자인도 없으면 그냥 글자로만 빼곡한 모양새가 될 테고, 자서전처럼 긴 글을 그런 형태로 읽는 일은 고역처럼 받아들여질 수 있습니다. 〈아래한글〉이나 〈MS Word〉를 잘 쓰는 사람이 아니면 PDF파일로 자서전을 혼자 마무리하는 것은 무리라고 하겠습니다.

PDF파일로 자서전을 남기겠다면, 워드프로세서 작업에 능숙한 누군가의 도움이 필요할 것입니다.

8장

자서전과
책과 출판사

자서전을 책으로

자서전을 남기는 데 최상의 선택은 책으로 출간하는 것이라고 생각합니다. 세상이 아무리 디지털화 된다고 해도 책이 가진 고유의 특성상 자서전을 남기는 데 더 나은 매체는 없다고 해도 지나치지 않을 것입니다.

책이 너무 안 팔린다고 출판계는 비명을 지르고, 전자책이니 유튜브니 하면서 종이책은 없어질 것처럼 얘기하는 사람도 있습니다. 그러나 장담하건데 책은 절대 사라지지 않습니다.

전국민 1인 1대라고 할 정도로 휴대폰이 보급되었고, 그 휴대폰이 가장 정확한 시간을 보여줌으로 손목시계 같은 것은 사라지리라고 일부 전문가들이 예측한 적이 있습니다. 하지만 그런 예측과는 달리 시계 산업은 새로운 전기를 맞아 생생하게 살아움직이고 있습니다. 오히려 수천만 원을 넘는 스위스 장인들의 시계가 꼭 갖고 싶은 명품으로 불황을 모르는 인기를 유지하고 있습니다.

디지털시대의 책 또한 손목시계와 같은 길을 걸어서 '흔하지 않으므로 고급스러운 매체'로 자리매김할 것이라고 생각합니다. 어쩌면 예전에 아버지가 아들에게 시계를 물려주고, 어머니가 딸에게 반지를 물려주듯이, 자서전을 책으로 만들어 자식에게 전하는 일이 품격 있는 집안의 상징 같은 것이 될지도 모릅니다.

몇 천 원짜리 시계가 있고, 수억 원짜리 시계도 있는 가운데 각자의 경제적 사정에 맞춰 고르는 것처럼, 자서전을 책으로 남기고자 할 때도 각각의 사정에 따른 선택을 하면 될 것입니다. 앞으로 어떤 선택을 하면 좋을지, 책을 만드는 데 도움이 될 지식을 설명해 보도록 하겠습니다.

 **출간의 유형**

책을 출간하는 데 있어서 그 비용을 누가 부담하느냐에 따라 두 가지로 나눠 말합니다.

① 기획 출판
대부분의 출판사에서 나오는 일반적인 책이 이 유형에 들어갑니다.

출판사가 직접 글을 고르고 비용도 전부 부담하여 책을 내는 것입니다. 따라서 책을 판매하여 얻은 수익도 전부 출판사의 몫입니다. 이때 작가는 계약에 따른 저작권료를 받게 됩니다.

② 자비 출판

말 그대로 자신이 돈을 내서 출간하는 것을 말합니다.

출판사 입장에서는 해당 원고로 책을 만들어 서점에 내놓았을 때 수지를 맞출 자신이 없으면 당연히 출간을 사양합니다. 그런 경우 출판 비용을 의뢰인(저자 등)이 지불하는 조건으로 출간을 할 수도 있는데, 이를 자비(自費) 출판이라고 하는 것입니다.

자비 출판에서는 해당 책을 시중에 판매용으로 내놓을지, 아니면 비매품으로 할지를 결정해야 합니다. 시중 판매용으로 내놓았는데 예상과 달리 책이 잘 팔려 나가서 수익을 얻으면 그 수익은 소정의 유통 비용을 빼고 모두 출판 비용을 낸 의뢰인의 몫이 됩니다.

직업 작가가 아닌 보통 사람이 자서전이나 문집 등을 내는 경우는 대부분 자비 출판이며, 기업인이나 정치인이 홍보 목적으로 내는 책도 자비 출판인 경우가 적지 않습니다.

기본 유형은 이상의 두 가지이지만, 원고의 시장 가능성을 보고 제작비용과 이익을 출판사와 의뢰인이 나누기로 하는 반 기획 반 자비 유형 등도 있습니다.

책 출판 비용의 구성

많은 사람들이 책 만드는 데 드는 비용이라고 하면 종이값이나 인쇄비를 먼저 떠올리지만, 실제로 개인 자서전 정도의 인쇄 부수라면 인건비의 비중이 더 큰 경우가 많습니다.

기획 출판(일반 도서)의 제작비 구성

인건비			순제작비			기타	
저작권료	기획편집비	디자인비	종이값	인쇄비	제본비	유통비	광고비

자비 출판의 제작비 구성

인건비		순제작비			기타
기획편집비	디자인비	종이값	인쇄비	제본비	유통비

① 저작권료

원작자에게 지불하는 비용입니다. 원작자란, 글을 쓴 작가 및 책에 수록되는 그림이나 사진의 작자를 모두 포함합니다. 작가에게 지불하는 저작권료는 인세(印稅)라고 부르기도 합니다.

자비 출판을 하는 경우, 작가가 제작비를 내기 때문에 특정 그림이나 사진을 책에 쓰지 않는 한 저작권료는 없다고 볼 수 있습니다.

② 기획편집비

글을 마름질하는 데 드는 비용입니다. 기획편집 업무 중 가장 단순한 형태는 교정교열로, 원고의 틀린 글자나 문법적 오류를 찾아 고치는 작업입니다. 나아가 영화의 감독처럼 원고 및 출판의 전체를 콘트롤하는 일은 기획편집이라고 말합니다.

자비 출판의 경우, 원고를 보다 나은 형태로 다듬어 주는 데 필요한 비용이라고 이해하면 될 것입니다. 인건비이므로 어느 수준의 편집 서비스를 골라 받느냐에 따라 비용이 달라집니다.

③ 디자인비

책의 표지를 만들고, 본문을 읽기 좋고 보기 좋게 만드는 데 드는 비용입니다. 단순 작업에도 숙련공과 비숙련공의 임금 차이가 있듯이 출판 디자인에서도 당연히 디자이너의 레벨에 따라 비용이 달라집니다.

④ 종이값

출판에는 아주 다양한 종이가 사용되며 선택의 폭도 상당히 넓습니다.

자비 출판의 경우, 제작부수가 상대적으로 적으므로 전체 제작비에서 차지하는 비중도 생각보다 크지 않습니다.

⑤ 인쇄비

출판에서는 보통 옵셋인쇄를 이용하며, 인쇄 전 단계인 인쇄판 제작비까지 다 인쇄비로 묶습니다. 통상 500부 단위로 비용을 산정하므로 100부의 책을 인쇄하나 500부를 인쇄하나 청구비가 같습니다.

소량의 인쇄는 POD(Publish On Demand, 맞춤형소량인쇄)라고 하여 거대한 옵셋인쇄기가 아니라 대형프린터로 인쇄를 하는 경우도 있습니다. 그러나 비용면에서의 이점은 크지 않습니다.

⑥ 유통비

완성된 책을 서점에 배본하고, 주문에 대비하여 보관하는 데드는 비용입니다.

자비 출판의 경우에도 일반 도서처럼 서점에 배본하기를 원하면 유통비가 청구되지만 비매품으로 발간하기를 원한다면 이 비용은 청구되지 않습니다.

⑦ 광고비

자비 출판의 경우, 따로 광고를 집행하지 않으므로 특별한 경우가 아니라면 광고비는 필요하지 않습니다.

출판 비용의 기준은 원고량

내 책을 만드는 데 비용이 얼마나 들지 궁금하다면, 무엇보다 원고량을 확인해 주어야 합니다. 글쓰기가 완료된, 완성된 원고라면 더할 나위 없이 좋을 것입니다. 실제로 완성된 원고를 가지고 얘기를 시작하는 것이 출판의 정석입니다. 원고를 읽어 봐야 출판사에서 계획을 세울 수 있기 때문입니다.

그렇기는 하지만, '원고 완성까지는 멀었지만, 그래도 출판에 돈이 대충 얼마나 드는지 알아야 준비를 하지'라는 분들이 많을 것입니다. 그렇다면 적어도 어느 정도 분량의 글을 쓸 것인지 정해서 출판사에 얘기해 주어야 대략의 견적을 들을 수 있을 텐데, 어느 정도의 분량을 쓸지 스스로 계획하고 그대로 써내는 일은 프로 작가들에게나 가능한 영역이라 할 수 있습니다.

우선 '원고량'이란 무엇인지 정확한 설명을 하고 넘어가야 할 필요가 있겠습니다. 작가가 아닌 보통 사람들은 '노트 1권 정도', 'A4지(복사지) ○○장', '아래한글로 ○○쪽' 등으로 글의 분량을 얘기하는데, 출판계에서는 200자 원고지를 기준으로 말하는 것이 기본입니다.

예전에는 작가들도 실제 원고지에 펜으로 글을 써서 가져왔지만 워드프로세서가 보편화된 지금은 원고지를 쓰는 사람이 드뭅니다. 그런데도 출판사가 여전히 '200자 원고지'를 기준으로 두는 데에는 분명한 이유가 있습니다. 200자 원고지라고 틀을 정했을 때 명확하게 분량을 계산할 수 있기 때문입니다.

예를 들어, 'A4 1장 분량'이라고 말해도 그 1장에 담긴 원고의 분량은 글자의 크기나 줄 간격에 따라 의외로 차이가 커서 실제 원고량은 2배나 차이가 나기도 합니다. 워드프로세서로 글을 쓴 경우에도 같은 이유로 원고량에 상당한 차이가 날 수 있습니다. 때문에 한컴오피스의 〈한글(아래한글)〉 또는 마이크로소프트의 〈워드(MS WORD)〉와 같은 워드프로세서에는 원고량을 계산해 주는 기능이 포함되어 있습니다.

그렇다면 서점에서 흔히 볼 수 있는 책들은 200자 원고지 기준 어느 정도의 원고량으로 만들어질까요? 대부분은 400~1000 매의 범위에 들어갑니다. 물론 시집 같은 것은 원고량이 더 적고, 보기에도 두꺼운 책은 그보다 많겠지요.

그러니까 자서전을 쓸 때, '쓰다 보니 자꾸 길어진다'라는 생각이 든다면 800~1000매, '길게 쓸 생각 없다'면 400~600매쯤 되리라 예상하면 무난할 것입니다. 출판사에 제작비를 물어보는 경우에 그렇게 가늠한 원고 분량을 얘기해 주면 제작비를 어림잡는 데 큰 도움이 됩니다.

책의 제작 사양

자동차를 구매한 경험이 있는 분들은 아시겠지만, 기본 차량 값에 선루프니 주차 보조 기능이니 하여 각종 옵션이 있고, 그 선택에 따라 최종 가격이 꽤 달라지기도 합니다.

책 제작비 산정 시 원고량이 기본이지만, 출판에는 그 외에 선택할 여러 제작 사양이 있고 그에 따라 제작비에도 차이가 생깁니다. 제작 사양은 크게 나눠도 10여 개 항목 이상이 있지만, 어디까지나 출판사의 영역이므로 작가가 그 모두를 일일이 이해하고 정할 필요는 없습니다. 다만, 자비 출판의 경우 제작비용과 책의 외관에 큰 영향을 미치는 아래 네 가지는 직접 정해주는 것이 바람직합니다.

① 제본 형태

크게 양장본(하드커버)과 무선철이나 소프트커버라고 부르는 '일반 책'으로 나눌 수 있습니다. 두 가지의 차이점은 겉모습만 봐도 명확한데, 양장본은 앞뒤의 표지를 두꺼운 종이로 만든 책을 말합니다. 양장본 쪽이 일반 책보다 제작비는 더 많이 들지만 만들어 놓고 나면 더 품격 있어 보입니다.

양장본(왼쪽)과
무선철의
표지 두께 차이.

② 판형

책의 평면 크기를 말합니다. 인쇄용지에는 KS규격이 있고 그 종이로 책을 찍으므로 대부분의 책은 정해진 판형에 따라 제작됩니다.

우리가 흔히 쓰는 복사지는 A4 크기인데, 이 정도 크기의 책은 사진 등이 많이 들어가는 잡지나 교재류가 대부분으로, 자서전을 그런 크기로 제작하는 경우는 드뭅니다.

자서전에 많이 이용하는 판형은 신국판, 국판, 46판이라 할 수 있습니다. 서점에서 볼 수 있는 일반 서적은 이 판형에서 크게 벗어나지 않습니다.

참고로 이 책은 국판으로 제작되었습니다.

 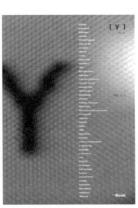 

왼쪽부터 46판(128×188mm), 국판(148×210mm), 신국판(152×225mm).

③ 인쇄 색도

가장 기본적인 것은 종이에 검정색 글자로 인쇄된 형태입니다. 이를 '단도 인쇄'라고 합니다. 여기에 색이 추가되면 그에 따라 제작비도 따라서 올라갑니다.

그냥 글만 들어가는 책이라면 단도 인쇄가 기본입니다. 여기에 딱 한 가지 색을 더 하여 '2도 인쇄'라는 옵션을 택하면 조금 더 밝은 느낌이 듭니다. 만약 책에 '사진을 좀 넣고 싶다'라고 한다면 컬러 인쇄를 선택하는 편이 좋겠지요.

단도 인쇄와 컬러 인쇄는 제작비 차이가 크고 디자인비도 상당한 차이가 나므로 사진을 넣은 책을 만들고 싶다면 사전에 그 점을 분명하게 밝혀 두어야 합니다.

참고로 이 책은 2도 인쇄로 제작되었습니다.

④ 제작 부수

책을 100부 찍는데 100만원이 든다면 500부 찍으면 500만원이 들겠거니 하고 생각할 수도 있지만, 실제 제작 부수와 제작비는 그렇게 정비례하지 않습니다. 인건비(기획편집비, 디자인비)는 몇 부를 만들든 동일하고, 실제작비 중 일부(인쇄비, 제본비)는 500부 단위로 기본 비용이 정해져 있기 때문입니다. 100부를 만드나 500부를 만드나 총제작비는 종이값에 해당하는 수십만 원의 차이에 불과한 경우가 많습니다. 이런 비용 구조가 있으므로, 아주 소량의 책만 만들어도 된다면 과감하게 일반 책으로서의 모양은 포기하고 힘이 들더라도 복사기 등을 활용하여 직접 수공예로 만드는 편이 나을 수도 있습니다.

자비 출판에서 책을 몇 권이나 찍을지 정하는 것은 전적으로 저자의 결정에 따릅니다. 너무 많이 제작해서 남아돌아도 곤란하지만 책이 부족한 상황이 되면 더욱 곤란합니다. 나중에 '딱 몇 십 부만 더 있으면 좋겠다'라고 아쉬워하더라도 추가로 그 몇 십 부를 찍으려면 처음 수 백부를 찍을 때와 거의 비슷한 제작비를 내야만 하기 때문입니다.

앞서 설명한 대로 제작 부수에 따른 총제작비 차이는 크지 않으므로 처음에 넉넉하게 찍는 편이 현명합니다.

커피값과 디자인비 & 편집비

커피 한 잔에 1500원인 가게도 흔합니다. 그런데 특급 호텔에 가면 커피가 1만원을 훌쩍 넘기도 합니다. 좋은 재료를 쓴다고 해도 커피에 들어가는 물값이나 커피원두 가격이 10배나 차이가 나리라고 믿는 사람은 없을 것입니다.

앞서 설명한 출판의 순제작비는 가장 기본적인 부분으로, 비유하자면 커피집의 커피원두 값에 해당한다고 할 수 있습니다. 그러니까 일반적인 출판사라면 그리 큰 차이가 나지 않습니다.

실제 책 제작비를 가늠하는데 가장 애매하다고 할 수 있는 것은 인건비—디자인과 편집 부분입니다. 요즘 어느 일이든 인건비가 비싸다는 말을 많이 들었을 것입니다. 디자인이나 편집 부분은 그 분야 전문인이 하는 작업이므로 그에 합당한 비용이 들 수밖에 없습니다. 게다가 전적으로 사람이 하는 일이라서, 실력의 차이도 크고 그에 따른 비용 차이도 큽니다. 같은 재료로 만들더라도 TV에 나오는 유명한 쉐프가 만든 요리와 동네 식당에서 만든 요리는 가격에 큰 차이가 난다는 사실을 떠올리면 이해가 쉬울 것입니다.

간단히 말하면, 돈을 많이 낼수록 좋은 디자인과 훌륭한 편집 서비스를 받을 수 있다고 할 수 있습니다. '싼 게 비지떡'이라는 세상의 흔한 이치가 출판에도 적용된다고 할 수 있지만, 실제로는 다른 사정도 잘 살펴봐야 합니다.

첫째로, 제대로 멋지게 만들고 싶다고 해도 어느 선까지 비용을 지불할 용의가 있는지는 각자 다를 것이기 때문입니다.

누가 봐도 흠잡을 데 없는 1류 디자인과 고급 편집 서비스를 받는다면 그 비용만 해도 1천 만원을 훌쩍 넘겨 지불해야 합니다. 한편으로는 자녀 직업이 출판 디자이너라서 공짜로 해 받을 수 있는 운 좋은 경우도 있을 수 있을 것입니다. 극단적으로 예를 들자면, 1천만 원부터 0원의 어느 사이에서 결정을 내려야 하는 셈이 됩니다. 쉽게 말해서, 도무지 가격을 종잡을 수 없는 것이지요.

둘째는 비싸다고 다 좋은 게 아니라는 점입니다. 유명 쉐프의 요리라고 비싸게 주고 먹어 봤더니 '그 값 내고 먹을 건 아니구만' 하고 느낄 수도 있고, 반대로 수수한 외관의 식당에 가격도 별로 비싸지 않았는데 막상 먹어 보니까 '너무 맛있다. 숨은 맛집이다!' 하고 감탄하는 경우도 있을 것입니다. 어떤 때는 '누구는 맛있다고 하는데 내 입맛에는 영 별로다' 라고 할 수도 있겠지요. 입맛이 그렇듯이 디자인 또한 개인의 취향이 크게 작용하기 때문에, 고액을 지불했으니 당연히 만족도 높은 결과를 얻을 것이라고 단순하게 생각해 버릴 수 없는 것입니다.

내 마음에도 들고, 비용도 합당하다고 여겨지는 디자인이나 편집 서비스를 찾으려면 어떻게 해야 할까요? 싸고 좋은 물건을 사려면 발품을 팔아야 하는 것처럼, 좋은 디자인과 편집 서비스를 찾기 위해서는 개인적으로 많이 알아보는 수 밖에 없습니다.

좋은 출판사를 고르는 데 도움이 될 설명은 뒤에 추가하도록 하겠습니다.

책 제작비 질문의 기본형

앞서 책 제작비에 대해 설명한 것을 총정리해 보겠습니다.

책을 만드는 데 얼마나 드는지 알고 싶다면, 원고량과 기본적인 제작 사양을 어느 정도 정한 다음 문의해야 합리적인 견적을 받을 수 있습니다.

'서점에서 흔히 보는 평범한 책 정도면 되겠다'라는 생각이라면 아래 예문과 같은 식으로 물어 보면 될 것입니다.

예문

200자 원고지 (600매) 분량의 글인데, 양장본 아닌 일반 제본 형태로 (300부) 정도 찍었으면 합니다. 본문 인쇄는 단도로 (혹은 사진이 들어가야 하니까 컬러로) 해 주면 되고, 판형은 (신국판)이면 됩니다.

*( ) 부분은 각자 의향에 따라 적용

출판사와 기획사의 차이

책을 만들어 주는 곳은 크게 출판사와 기획사가 있습니다.

출판사와 기획사를 나누는 가장 큰 차이는 서점에 유통되는 책을 출간하느냐에 있다고 볼 수 있습니다. 다시 말해, 출판사는 책을 만들어 독자에게 판매함으로 운영하는 회사고, 기획사는 책을 만들어 달라는 사람에게 책을 만들어 줌으로써 운영하는 회사라고 할 수 있습니다.

이렇게 설명하면 자서전은 자비 출판인 경우가 많으므로 기획사에 찾아가는 것이 맞을 듯하지만, 실상은 꼭 그렇지만도 않습니다. 우선 그 구분이 명확한 것이 아닙니다. 법적으로 정해진 명칭 규정이 있는 게 아니라 일반적인 구분이므로 회사 이름은 ○○기획인데 실제로는 출판사 기능 위주인 경우도 있고, 도서출판○○이라는 회사명인데 기획사인 경우도 흔합니다.

또한 작은 출판사의 경우 내용에 큰 문제가 있지 않는 한 수익에 도움이 되는 자비 출판을 굳이 마다하지 않으며, 기획사라고 해도 소량 단행본은 수지에 안 맞는다고 사양하는 경우가 있습니다. 두 회사의 성격을 요약하면 아래와 같습니다.

① 출판사

서점에서 흔히 보는 형태의 책을 만듭니다.

교정교열을 비롯한 고급 편집 서비스를 제공할 수 있습니다.

잘 안 팔릴지라도 서점에 내놓아 보고 싶다는 분은 반드시 출판사에서 자서전을 만들어야 합니다.

시중에 내놓아도 될만한 책을 만들기 위해 기획사 보다 제작비나 제작 기간이 더 들 수 있습니다.

② 기획사

서점에서 흔히 보는 책보다는 업무 매뉴얼이나 논문집 느낌의 디자인이 많습니다.

단순 교정교열 정도는 요청할 수 있지만 심도 있는 편집 서비스는 제공이 어려울 수도 있습니다.

서점 배본은 못하는 경우가 대부분입니다.

단순한 디자인을 선택하면 제작기간이 비교적 빠르고, 소량 제작이라면 출판사보다 저렴할 수 있습니다.

각 제작사의 기본 성격을 참고하여 나의 책을 만들어 줄 회사를 골라야 합니다. 이 책에서는 편의상 출판사를 기준으로 설명할 테지만, 기획사에 그대로 적용해도 무방할 것입니다.

출판사를 고르는 기준

자서전을 책으로 만들고자 할 때, 출판사를 잘 선택해야 함은
말할 것도 없을 일입니다. 원고가 완성된 이후의 진행에 대해서
는 책을 만드는 전문가인 출판사의 역량에 전적으로 의지할 수
밖에 없기 때문입니다. 같은 책은 하나도 없다고 할 정도로 모
든 책은 기본적으로 오더 메이드(주문 생산)이므로 대량생산된
상품을 고르는 것처럼 간단하지 않습니다. 게다가 한번 정하면
나중에 바꿀 수도 없으므로 신중하게 선택해야 합니다.

선택 시 기준으로 삼을 몇 가지를 정리해 보겠습니다.

① 출판사 명성은 무의미

우리나라 출판사는 7만여 사나 됩니다(2020년 기준). 회사
이름을 대면 알만한 출판사도 있겠지만 대부분은 생전 처음 듣
는 회사일 것입니다.

출판사의 이름이 좀 알려져 있다거나 규모가 좀 크다고 해서

내 자서전을 훌륭하게 만들어 줄 것이라고 단순하게 판단해서
는 안 됩니다. 우선 중견 출판사들은 보통 사람의 자서전 출간
에 큰 관심이 없습니다. 자비 출판을 하겠다고 해도 응하지 않
는 경우가 많고, 응한다고 해도 외주 인력으로 일을 돌리는(하
청) 형태로 진행하는 식입니다.

이름 있는 출판사에서 책을 내고 싶은 마음은 이해가 가지만
출판사의 명성이나 규모를 우선시 하는 것은 현명한 선택 기준
이라 할 수 없습니다.

② 견적서 보다 완성도

자비 출판의 경우, 출판사를 고르는 기준 중 견적 가격을 가
장 중요하게 보는 분들이 적지 않을 것 같습니다. 하지만 앞서
설명한 바와 같이 자서전 자비 출판의 경우 인건비가 많은 부분
을 차지한다는 점에 유의해야 합니다. 견적 가격이 낮다면 인건
비 부분을 줄일 수밖에 없는데, 운 좋게 저렴하면서도 마음에
드는 디자인이 나올 수도 있지만 '싼 게 비지떡'이라는 말이 딱
들어맞는 케이스가 될 수도 있습니다.

견적 가격만 보지 말고, 그 출판사에서 이전에 출간한 책의
실물을 보고 디자인이 마음에 드는지, 오탈자가 없는지 등등,
책의 완성도를 반드시 참고하여 판단해야 합니다. 견적 가격이
마음에 들더라도 기존 출간한 책의 완성도가 마음에 들지 않는

다면 그 출판사를 고르지 않는 편이 나중에 후회가 없습니다. 견적 가격이 조금 높더라도 기존에 만든 책의 디자인이 마음에 든다면 그 출판사를 선택하십시오.

③ 자비 출판 전문 출판사?

음식의 경우 한 가지 메뉴를 전문으로 하는 집을 고르면 후회가 없다고 말합니다. 대부분 '전문'이 붙으면 신뢰가 가기도 합니다. 다만 자비 출판 시에는 좀 다를 수 있습니다.

인터넷 검색을 해보면 '자비 출판 전문 출판사'를 표방하는 곳을 어렵지 않게 찾을 수 있는데, 그런 회사는 사실상 앞서 (175p.) 설명한 기획사에 가깝다고 보아야 할 것입니다. 나름의 이점이 있을 수 있지만 속도와 비용 절감을 우선하느라 나의 의견이나 취향은 잘 반영해 주지 못할 수도 있습니다.

'전문'이라는 단어보다는 어디까지나 그 회사에서 기존에 낸 책을 살펴보고 판단해야 할 것입니다.

④ 대금 결제를 재촉하는 회사는 피해서

제작비를 빨리 달라고 재촉하는 회사는 피해야 합니다. 일반 상거래에도 적용되는 상식이므로 그 이유에 대한 설명은 생략해도 될 것 같습니다. 출판의 경우 한번 원고를 넘기고 나면 중간에 취소하기 힘들기 때문에 초반에 잘 판단을 해야 합니다.

판단 기준으로 삼을 것은 출판계약서입니다. 계약금을 전체 금액 30% 이상 요구한다거나 완성된 책을 납품하기 이전에 제작비 전액을 지불하는 계약이라면 결과적으로 대금 결제를 재촉하는 것이나 마찬가지입니다. 혹 일시불로 내면 더 저렴할 수 있다는 말을 하는 회사가 있다면 그런 쪽은 무조건 피하는 것이 좋습니다.

자비 출판의 경우 여러 상황이 있기 때문에 명확한 기준을 제시할 수는 없습니다만, 대략 다음과 같은 내용이 공평하지 않을까 생각합니다.

계약금 : 계약과 동시에 전체의 20~30% 금액.

중도금 : 전체의 40~50% 정도 금액. 단, 표지 및
         본문 디자인이 끝나고 교정지*를 낸 시점에 송금.

잔   금 : 제작이 완료된 책을 보고 즉시 송금.

* 교정지란 일반 책의 페이지와 동일한 수준으로 작업이 진행되어
  그것을 수정용으로 활용하기 위해 프린트한 종이를 말합니다.
  (185p. 참조)

대금의 지불 시기와 지불 액수도 중요하지만 작업 진행 결과물을 받아 보고 중도금을 주는 식으로, 상호 주고 받는 바가 있는 계약이 바람직할 것입니다.

출판사를 직접 찾아보세요

내 자서전을 만들어줄 출판사를 찾는 고전적인 방법은, 지인을 통해 소개받는 것이라 할 수 있습니다. 해당 출판사와 같이 일을 해 본 사람의 추천이라면 기본적으로 믿을 수 있을 테니 좋은 방법이기는 합니다. 하지만 출판 경험을 가진 사람이 흔하다고 하기는 어려워서 출판사를 소개해 줄 사람이 주변에 없을 수도 있고, 그렇게 소개를 받았지만 내 취향에는 맞지 않을 수도 있습니다.

그렇다면 직접 다른 출판사를 찾아야 하는데, 손쉬운 방법으로는 인터넷으로 검색해서 찾는 방법이 있을 것입니다. 그런데 인터넷 검색에서 뜨는 쪽은 대부분 기획사가 많고 출판사는 쉽게 눈에 띄지 않는 경향이 있습니다.

검색해서 나온 기획사라도 좋아 보인다면 그쪽에서 진행하면 되겠지만, 아무래도 썩 마음에 들지 않는다면 서점으로 나가 보십시오. 거기서 내 자서전을 만들어 줄 만한 출판사를 직접 찾아볼 수도 있습니다.

이때 눈에 잘 띄는 판매대의 책은 건너뛰고 책꽂이에 꽂힌 책들 가운데에서 맘에 드는 단행본을 찾아내는 것이 요령입니다. 잘 보이게 진열된 책을 낸 곳은 대부분 중견 출판사고, 그런 출판사는 앞서 언급한 대로 일반인의 자서전을 내는 일에는 큰 관심이 없어서 책을 내달라고 연락해도 신통한 응답이 없을 가능성이 크기 때문입니다.

책꽂이에 꽂혀 사람들의 눈에 잘 띄지 않는 책이라도 잘 꾸며진 판매대의 책에 결코 뒤지지 않는 도서가 많습니다. 많이 팔리지 않고 출판사 영업력도 약해서 눈에 덜 띄는 책꽂이로 물러나 있다고 해서 책의 완성도가 떨어지거나 내용이 별로일 것이라고 단정해서는 안 됩니다.

출판업의 구조상 작은 출판사도 얼마든지 완성도 높은 책을 만들 수 있습니다. 그런 작지만 괜찮은 책을 만드는 출판사를 서점 책꽂이를 통해 찾아낼 수 있다면 최상의 선택이 될 것입니다.

마음에 드는 책이 있다면, 그 책을 펼쳐서 제일 앞부분이나 제일 뒷부분을 보십시오. 그곳에는 흔히 '판권 페이지'라고 부르는, 책을 펴낸 출판사의 정보가 실린 페이지가 있습니다. 주소와 전화번호, e메일 등 기본 정보를 얻을 수 있으니 그 부분을 메모하여 직접 전화나 메일을 보내 출간을 제안해 보십시오.

판권 페이지.

말 그대로 직접 발품을 파는 일이니만큼 번거롭고, 바라는 답변을 얻기도 쉽지는 않겠지만, 의외로 인연이 닿아 좋은 출판사와 만나게 될지도 모를 일입니다.

 ## 파트너십이 중요

어떤 경로든 출판사(혹은 기획사)를 찾아 책을 내기로 결정했다면, 파트너십을 가져야 합니다.

내 돈으로 만드는 책이라고 해서 뭐든 내 의견을 최우선으로 주장하는 일은 금물입니다. 책을 만드는 전문가는 출판사이므로, 설령 내 생각과는 다르더라도 책에 관한 한 출판사의 의견이 객관적으로 타당한 경우가 대부분입니다.

자신의 의견은 충분히 피력하되, 전문가인 출판사의 의견을 우선해야 결과적으로 좋은 책이 만들어집니다.

'난 잘 모르니 알아서 잘 해주세요' 하고 맡겨만 두는 것도 바람직하지 않습니다. 너무 맡겨만 두면 자신의 취향을 반영시킬 기회를 놓쳐서 기대와는 좀 다른 책을 받아 들게 될 수도 있기 때문입니다.

출판은 저자와 출판사가 함께 달리는 2인3각 게임과 같습니다. 서로 도움을 주고받는 좋은 파트너가 되도록 해야 합니다. 지나친 참견도 금물, 지나친 방관도 금물입니다.

본의 아닌 갑질?

돌을 쪼아 비석을 만드는 중인데, 갑자기 비석을 주문한 사람이 나타나서, "거기 앞 줄에 새긴 글 조금만 바꿉시다"라고 말하면 석공은 얼마나 난감해 할까요?

출판 관련 기술이 많이 발전했다고 해도 그 과정은 일반인들이 생각하는 것보다 예민한 부분이 많습니다. 출판 시스템을 잘 모르는 사람 입장에서는 대단찮은 일이라고 생각하는 것이 실제 현장에서는 간단하지 않은 경우가 있는 것입니다. 그런 부분을 감안하지 않은 탓에 출간 진행 중에 저자와 출판사가 마찰을 빚는 일이 간혹 생깁니다. 저자 입장에서는 본의 아닌 갑질을 하게 되는 셈입니다.

경험 많은 출판사는 그런 사태를 방지하기 위해 진행에 앞서 저자가 알아 두어야 할 바를 중간 중간 설명해 주기도 하지만, 그렇지 못한 경우도 있으므로 저자로서 유의해야 할 사항을 정리해 보도록 하겠습니다.

① 교정지가 나온 뒤의 대폭 수정은 안 됩니다

글을 쓰고 난 뒤에 힘들더라도 좋은 문장을 위해 충분한 시간을 들여 다듬어야 한다고 말한 바 있습니다. 착각하면 안 되는 것이, 그것은 출판사에서 디자인 작업에 들어가기 전 단계에 해당하는 말입니다.

작가로서 마음대로 수정할 수 있는 것은, 글이 저자나 교정교열을 위탁 받은 전문가의 컴퓨터 워드프로세서 안에 있는 동안에만 허용됩니다.

퇴고를 마친 후 원고 파일을 출판사에 넘기면 편집디자인에 들어가고, 그 단계가 끝나면 교정지를 내게 됩니다. 교정지는 마치 단행본의 각 페이지를 복사한 것처럼 보이는데, 실제로도 인쇄소에 넘기면 책으로 만들어질 정도의 완성도를 갖춘 결과물입니다.

사진 위는
실제 출간된 책,
아래가 교정지.

다시 말해, 교정지는 상당한 수고를 들여 만든 것으로, 출판 디자인을 위한 전문 소프트웨어(DTP프로그램)를 이용해 만들기 때문에 일반인은 잘 모르는 여러 제한과 설정이 있습니다. 워드프로세서에서는 글을 얼마든지 고쳐도 큰 어려움이 없지만, 교정지를 낸 상태에서는 글이 몇 줄만 달라져도 디자이너가 상당한 시간을 들여 추가로 작업해야 하는 경우가 생기기도 합니다.

그러므로 교정지에서 이루어지는 수정은 오탈자라든가 간단한 수정만 하는 것이 원칙입니다. 최소한 페이지가 바뀔 만한 수정은 금물입니다. 그런데 이 상태에서 갑자기 반 페이지쯤 되는 얘기를 끼워 넣어 달라거나, 사진을 넣어달라거나(혹은 빼달라거나) 하는 요구를 하면 출판사 입장에서는 추가 비용을 청구할 수도 있는 큰일이 된다는 사실을 이해해야 합니다.

② 디자인의 변경

책을 만드는 데는 크게 표지 디자인과 본문 디자인이 들어갑니다. 일반적인 자비 출판의 경우, 시안을 만들어 그 디자인을 저자가 직접 보고 선택할 수 있게 해줍니다. 디자인 선택 시에는 자신의 의견을 말할 수도 있고, 출판사 측도 가능한 한 그 의견을 디자인에 반영하여 최종안을 만듭니다.

그런데 간혹 최종 디자인을 확정한 다음에 추가 요청을 하는 경우가 있습니다. 예를 들어, '나중에 보니까 본문 글씨가 좀 작은 것 같다. 크게 해줄 수 없느냐', '아내(남편)가 제목의 글씨체가 마음에 안 든다고 한다. 다른 걸로 바꿔서 보여 달라'는 등의 요구입니다. 디자인 시안을 만드는 단계에서는 얼마든지 그러한 의견을 내놓을 수 있지만 일단 디자인을 결정한 다음에 그런 말을 하면 사실상 디자인을 다시 하라는 말과 같습니다. 본인은 간단한 요청 같지만, 디자이너 측에서 보면 저자의 단순 변심 탓에 시간을 허비해야 하는 입장에 놓이는 것입니다.

디자인 결정 전에는 충분히 생각하고 충분히 의견을 나눠야 하고, 일단 결정된 상태라면 큰 오류라도 드러난 상황이 아닌 한 디자인 변경을 요구하면 안 됩니다. 꼭 변경을 요구해야만 할 경우라면, 그에 따라 출판사 측에서 추가 비용을 요청할 수도 있음을 알아 두어야 할 것입니다.

출판사에서는 각 작업 시점에서 '이후에는 결정을 번복하거나 큰 변경을 요구하면 곤란하다'고 저자에게 알려 주는 것이 보통입니다. 그런 알림을 받았을 때 흘려 듣지 말고, 충분히 인지하여 원만하게 작업이 진행되도록 협조해 주어야 합니다.

✎ 공동 출간이 쉬워지는 환경이 되기를

공동구매라는 것이 있습니다. 인터넷의 발달 덕분에 생긴 구매 방법으로, 여러 사람들이 인터넷을 통해 모여서 한 가지 상품을 공동으로 사는 것입니다. 단일 상품을 많이 파는 셈이라서 도매가격으로 단가를 낮춰 매매할 수 있기에 구매자나 판매자 모두에게 이익이 되는 거래 방법입니다.

책을 만드는 데도 같은 방법을 고려해 볼 수 있습니다. 내 자서전만을 책으로 만드는 것보다 몇몇 사람의 글을 모아 한 권의 책으로 만들면 비용을 훨씬 절약할 수 있습니다. 예를 들어 한 명의 글만으로 자서전을 만드는 데 들어가는 비용이 100이라면, 세 명의 글을 모아 합동 자서전을 만든다면 1인당 비용이 40 이하로 낮아질 수도 있을 것입니다.

비용 절감 뿐 아니라 원고량이 늘어남에 따라 책이 두툼해져 모양새가 좋아지고, 다양한 내용으로 독자의 흥미를 끌 수 있다는 장점 또한 생깁니다.

장점이 많은 시도지만 공동 출간에는 조건이 붙습니다.

① 마음에 맞는 사람 찾기

함께 원고를 모아 책 만들 사람을 찾는 일은 자서전 공동 출간의 핵심이자, 가장 큰 단점이기도 합니다. 단점이라고 말하는 까닭은 함께 할 사람을 찾는 일이 쉽지 않기 때문입니다.

책을 제작하는 과정에는 디자인을 고르고, 인쇄 부수를 정하는 등등 여러 선택이 따릅니다. 그런 때 원고를 모은 각 저자들의 의견이 잘 모아지지 않으면 다음 단계로 진행하기 어려워지고 자칫하면 그로 인해 추가 비용까지 들 수 있습니다. 공동 출간에는 제작비라는 돈 문제까지 걸려 있으므로 충분히 의견을 나눌 수 있는 사람을 찾고, 의견 충돌 시에는 출판사 등이 나서서 조율해 나갈 수 있도록 해야 합니다.

② 원고 맞추기

세 명이 글을 모았는데, A의 원고는 400매, B의 원고는 200매, C의 원고는 300매라고 예를 들어 보겠습니다. A의 원고가 B의 원고의 2배나 됩니다. 각각의 원고를 따로 떼어 놓고 보면 별문제가 없어 보이지만 실제로 책을 만들어 놓고 보면 원고량이 적은 B의 글은 위축되어 보일 수도 있습니다.

또 다른 사례를 들자면, A는 자기가 가진 사진까지 넣어 자서전을 만들고 싶은데, B는 사진은 전혀 고려하지 않고 원고를 썼을 수도 있습니다. 한 사람의 글에 사진이 들어가서 사진에 맞춰 컬러로 인쇄를 해야 한다면 그 원고로 인해 전체 책 제작비가 달라지게 됩니다. 게다가 책을 만들고 보면 사진을 넣은 사람의 글만 불필요하게 두드러져 보일 수도 있습니다.

이렇게 공동 출간을 하려면 원고량이나 사진의 유무 같은 것도 서로 합의하거나 양해할 필요가 있습니다.

위의 조건을 살펴보면, 공동 출간이 좋겠다는 판단이 선다면 원고를 다 쓴 상태에서 사람을 찾기 보다는 자서전을 내기로 마음먹은 단계에서부터 동참할 동료를 찾는 편이 바람직하다는 것을 알 수 있습니다.

문제는 어디서 그러한 동료를 찾느냐일 것입니다. 제작을 맡은 출판사(기획사) 측에서 매칭을 해주면 좋겠지만, 애초에 자서전 출간을 원하는 사람이 적은 상황이라면 출판사에서도 어쩔 도리가 없을 것입니다.

1980년대부터 자서전 쓰기가 활성화된 일본처럼 여러 곳에서 자서전 쓰기 강좌 등이 이루어지고 지방자치단체도 지원에 나선 상황이라면 공동 출간할 사람을 쉽게 찾을 수 있는 마당도 마련될 수 있으리라 생각합니다만, 우리나라는 아직 여러모로 미흡한 상태인 것이 현실입니다.

자서전 저술에 대한 사회적 지원이 먼저인지, 개인적 관심이 커지는 것이 먼저인지는 닭과 달걀의 문제와 같아서 쉽게 정답을 내놓을 수 없겠지요.

앞으로 자서전 쓰기에 동참하는 분들이 더욱 많아져서, 책으로 내고 싶을 때에는 보다 쉽게 낼 수 있는 환경이 어서 마련되기를 바라봅니다.

| 부록 |

연표(1940~2019년)

◆ 그 해에는 무슨 일이 있었나

자서전을 쓰는 데 도움이 되도록
그 해 있었던 큰 사건을
정리해 보았습니다.

1월 23일   중앙선 죽령터널 개통.

2월 11일   일제, 조선에서 창씨개명 실시.

4월 9일   제2차 세계대전 : 나치 독일, 덴마크·노르웨이 침공.

5월 15일   최초의 맥도날드 식당이 생김.

6월 2일   일제, 사탕(지금의 설탕)배급제 실시.

6월 23일   제2차 세계대전 : 나치의 히틀러가 점령한 파리 방문.

7월   경상북도 안동에서 〈훈민정음〉 원본 발견.

8월 11일   조선일보와 동아일보 강제 폐간.

8월 17일   국민정신총동원조선연맹, 전시생활체제 강요.

9월 9일   일제, 학생 복장을 국방색으로 통일.

9월 17일   대한민국 임시정부, 한국 광복군 창설.

9월 27일   제2차 세계대전 : 독일·이탈리아·일본이 삼국 동맹 체결.

◆ 1941년 (일제강점기)

3월 15일   일제, 학도정신대 조직 및 근로동원 실시.

3월 25일   일제, 조선교육령 개정, 소학교를 국민학교로 개칭.

3월 31일   일제, 국민학교규정 공포로 조선어 학습 폐지.

4월 1일   평원선(평양시 서포역 – 함경남도 고원역) 개통.

5월 21일   일제, 무역통제령 공포.

6월 30일   남부 지역 폭우로 경부선, 호남선 마비.

7월 1일   한글 전보 폐지.

8월 26일   일제, 외국인의 조선 입국 제한.

9월 21일   일제, 국민개로운동을 조선 전역에 실시.

10월 16일   일제, 전화 통화도수 및 통화시간 제한.

12월 7일   제2차 세계대전 : 일본이 미국 진주만 기습.

12월 10일   대한민국 임시정부, 대일 선전포고.

◆ 1942년 (일제강점기)

2월	일제, 구정(설) 폐지.
2월 20일	일제, 식량관리법 공포.
4월	중화민국 정부 국방최고위원회, 대한민국 임시정부 승인안 의결.
4월 18일	제2차 세계대전 : 미국이 일본 본토 폭격.
5월 8일	일제, 조선에 징병제 실시 결정.
5월 20일	일제, 조선에 소금 전매령 공포.
5월 29일	일제, 고이소 구니아키를 신임 조선 총독으로 임명.
6월 12일	제2차 세계대전 : 미드웨이 해전에서 일본 패배.
9월 8일	일제, 금속 회수령으로 일반 가정의 놋그릇까지 약탈.
9월 30일	일제, 청장년 국민등록 실시.
10월 1일	조선어학회 사건으로 학자 30여 명 구속.
11월 20일	일제, 조선징병제도 실시요강 결정.

◆ 1943년 (일제강점기)

1월 7일	일제, 보국정신대 조직.
3월 1일	일제, 조선에 징병제 공포.
4월 17일	경성 부민관에서 친일단체 조선문인보국회 결성.
4월 23일	일제, 조선석유전매령 공포.
6월 29일	일제, 조선석탄배급통제령 공포.
7월	일본 교토에서 시인 윤동주를 사상범으로 체포.
7월 26일	한성은행과 동일은행이 조선은행으로 병합 설립.
8월	일제, 조선식량관리령 공포.
10월 2일	일제, 토요일 반휴일제 폐지로 전일 근무.
10월 25일	일제, 제1회 학병징병검사 실시.
11월 14일	일제, 학도병 미지원자도 강제 징병하기로 결정.

◆ 1944년 (일제강점기)

1월 20일	일제, 조선인 학도병 입영 시작.
2월 8일	일제, 징용을 실시하여 광산과 군수공장에 동원.
4월 28일	일제, 국민학교 4학년 이상 학생까지 전시 동원체제 확립.
5월 4일	일제, 휴일 없이 학교 수업 실시 명분으로 학생 동원.
6월 6일	제2차 세계대전 : 연합군, 노르망디 상륙작전 개시.
6월 17일	일제, 미곡 강제공출제 실시.
7월 24일	신임 조선총독으로 아베 노부유키 취임.
8월 23일	일제, 여자정신근로령 시행으로 위안부 징용.

◆ 1945년 (일제강점기)

2월 9일	대한민국 임시정부, 나치 독일에 선전포고.
3월 10일	제2차 세계대전 : 미국, 도쿄 대공습.
5월 7일	제2차 세계대전 : 나치 독일, 연합군에 항복.
5월 22일	일제가 전시교육령을 공포, 전 학교에 학도대 조직.
8월 6일	제2차 세계대전 : 미국, 일본 히로시마 핵폭탄 투하.
8월 15일	제2차 세계대전 : 일제, 연합군에 항복.
8월 22일	소련군, 평양 점령.
9월 6일	이북의 건국준비위원회 조선인민대표자회의, 조선인민공화국 수립 발표.
9월 9일	조선총독부, 서울을 점령한 미군에 정식 항복.
9월 11일	남북 분단으로 경의선 철도 운행 중단.
9월 16일	소련 정치국, 한반도 38선 이북 군정 실시 공포.
9월 20일	미국, 미군정청 설치. 신탁통치 기간 중 영어를 공용어로 결정.
10월 16일	이승만, 미국에서 귀국.
12월 28일	모스크바 3상회의에서 한반도 신탁통치 발표.

◆ 1946년

1월 3일	조선공산당, 신탁통치 찬성 발표.
1월 15일	미군정, 남조선국방경비대 창설.
1월 16일	서울 덕수궁에서 1차 미소(美蘇)공동위원회 개최.
2월 9일	조선로동당, 북한에 북조선림시인민위원회 설치.
6월 3일	이승만, 전북 정읍 연설 중 남한 단독 정부 시사.
7월	좌우익이 연대하여 남북통일 임시정부를 목표로 한 좌우합작 위원회 수립.
9월 17일	미군정, 수도경찰청 발족.
10월 1일	미군정의 실정에 반발하여 대구 10.1 사건 발생.
10월 6일	경향신문 창간.

◆ 1947년

2월 22일	김일성의 조선로동당, 북한에 북조선인민위원회 설치.
3월 1일	서울 남대문에서 좌우익 집회 도중 충돌. 38명의 사상자 발생.
3월 1일	제주 3.1절 경찰 발포 사건으로 14명의 사상자 발생.
3월 12일	트루먼 미 대통령, 공산주의 확대 저지를 위한 독트린 발표.
5월 21일	서울 덕수궁에서 제2차 미소공동위원회 개최.
6월 21일	대한민국 국제올림픽위원회(IOC) 가입.
7월 19일	여운형, 암살로 사망.
8월 28일	북조선로동당 제1차 당대회.
9월 17일	유엔 총회, 한국 문제 정식 상정.
9월 26일	소련, 한반도에서 미소 양국군 동시 철수 제의.
10월 18일	미소공동위원회 무기한 휴회.
12월 10일	좌우합작위원회 공식 해체.

◆ 1948년

2월 7일	남한 단독정부 수립 등을 반대하는 2.7 사건 발생.
2월 26일	유엔, 38선 이남 지역에서만 선거 결의.
4월 3일	제주 4.3 사건 발발.
5월 10일	남한에서 제헌 국회 구성을 위한 첫 총선거 실시.
7월 17일	대한민국 제헌 헌법 공포.
8월 15일	대한민국 제1공화국 수립.
9월 3일	미군정, 경찰권을 대한민국에 이양.
9월 9일	북한, 조선민주주의인민공화국 임시정부 수립.
9월 12일	국회, 연호를 단기(단군기원)로 변경 공포.
9월 22일	국회, 친일파 단죄를 위한 반민족행위처벌법 공포.
9월 28일	정부, 남북교역중지 선언.
9월 30일	국회, 한글전용법안 가결.
10월 19일	여수·순천 사건 발발.
12월 12일	유엔, 대한민국을 한반도의 유일 합법 정부로 인정.

◆ 1949년

1월 31일	베이징, 중국 인민해방군에 함락.
5월 20일	국회 프락치 사건 발생.
6월 6일	친일 잔당 경찰이 반민특위를 무력 습격한 6.6 사건 발생.
6월 26일	김구, 육군 소위 안두희에게 암살됨.
8월 6일	병역제도를 모병제에서 징병제로 개정.
8월 15일	부를 시(市)로 일괄 개칭.
9월 14일	목포 형무소 집단 탈옥 사건 발생.
9월 19일	소련, 북한 주둔 자국군 철수 계획 발표.
9월 22일	국회, 반민족행위특별조사위원회(반민특위) 폐지 법안 가결.
10월 15일	대한민국과 일본, 한일통상협정 조인.

◆ 1950년

1월 12일	미국의 국무장관 애치슨, 애치슨라인 발표.
3월 10일	국회, 농지개혁법안 통과.
6월 25일	한국전쟁 발발.
6월 28일	인민군 서울 점령. 국군의 한강 다리 폭파로 500~800명 사망.
7월 20일	대구에 임시수도 설치.
8월 3일	다부동 전투 발발.
8월 18일	임시수도를 부산으로 이전.
8월 28일	1차 화폐개혁 단행.
9월 6일	대한민국 국군, 여군 창설.
9월 15일	인천 상륙 작전 개시.
9월 28일	국군과 유엔군, 서울 탈환.
10월 1일	국군, 한국전쟁 발발 후 처음으로 38선 넘어 북진.
10월 19일	국군, 평양 점령.
10월 25일	중국 참전.
12월 4일	국군, 평양 철수.
12월 15일	흥남 철수 작전 개시.

◆ 1951년

1월 4일	국군, 서울 철수(1.4 후퇴).
1월 17일	중공군과 인민군이 서울 점령.
2월 10일	국군에 의한 거창양민학살 사건 발발.
3월 14일	국군, 서울 수복.
7월 10일	개성시에서 휴전 회담 개시.
8월 16일	서울 – 부산 간 직통전화 개통
9월 4일	소련군 참전.
9월 20일	이승만 대통령, 휴전 조건 제시.

◆ 1952년

1월 18일	대한민국, 독도가 포함된 평화선 선언.
2월 1일	재향군인회 창설.
2월 6일	영국의 엘리자베스 2세 여왕 즉위.
4월 25일	제1회 전국 시·읍·면 지방의회의원 선거 실시.
5월 7일	거제도 포로수용소 폭동 사건 발발.
5월 26일	이승만 대통령, 재선을 위해 국회의원 강제 연행(부산 정치파동).
	동독에 의해 서독과 동독 간 국경 폐쇄.
8월 5일	대한민국 제2대 대통령으로 이승만 당선.
8월 28일	대한민국과 일본 간 독도 분쟁 첫 발생.
9월 3일	중국 연변 조선민족자치구 성립.
10월 15일	백마고지 전투 종료.

◆ 1953년

2월 15일	긴급통화조치 단행으로 화폐단위를 원에서 환으로 변경.
5월 29일	힐러리와 텐징, 세계 최초로 에베레스트 산 정상 등정.
7월 27일	한국전쟁 휴전.
8월 3일	유엔중립국감시위원회, 판문점에 군사정전위원회 본부 설치.
8월 8일	한미상호방위조약 가조인.
8월 15일	부산으로 옮겼던 대한민국 정부, 서울로 복귀.
8월 20일	소련, 수소폭탄 첫 실험 성공.
9월 21일	북한 공군 노금석 대위, 미그15 전투기를 몰고 한국으로 귀순.
10월 1일	한미상호방위조약, 미국 워싱턴 D.C.에서 정식 조인.
10월 3일	새로운 형법 공포 시행.
10월 6일	제3차 한일회담 개막했으나 합의 없이 결렬.

◆ 1954년

1월 1일	미국 NBC가 컬러텔레비전 방송 시작.
3월 13일	베트남과 프랑스, 디엔비엔푸 전투 개시.
3월 21일	일제강점기 중 일본표준시에 맞췄던 한국표준시를 동경 127도 30분을 기준으로 수정, 30분 뒤로 밀림.
5월 20일	대한민국 제3대 국회의원 선거 개시.
7월 21일	베트남, 17도선을 경계로 남북 분단.
8월 15일	경부선 급행열차 통일호 개통(운행시간 약 9시간 30분).
11월 29일	이승만 대통령 재선을 위한 불법적인 사사오입 개헌 통과.
12월 15일	대한민국 최초의 민영 방송 CBS 개국.

◆ 1955년

1월 29일	단성사 앞 저격 사건 발발. 여당인 자유당과 결탁한 정치깡패 이정재가 야권인사 40여 명의 암살을 계획한 것이 드러난 사건.
3월 1일	육군 본부, 대구서 서울로 이전.
3월 2일	부산역 열차 화재 사고로 40여 명 사망.
7월 17일	미국, 디즈니랜드 개장.
8월 13일	서울적십자병원, 한국 최초의 성전환 수술 시행.
8월 18일	일본과 경제 관계 단절.
8월 26일	국제통화기금(IMF)과 국제부흥개발은행(IBRD)에 가입.
10월 12일	해리 홀트와 버다 홀트 부부가 한국인 전쟁 고아 8명을 입양하고 4명을 미국의 다른 부모에게 입양을 주선. 이후 해외입양 사업을 펼친 홀트아동복지회 설립의 계기가 됨.
11월 1일	베트남 전쟁 발발.

◆ 1956년

5월 8일   국회에서 어머니날 제정.

5월 12일   한국 최초의 TV 방송국 대한방송 개국.

9월 14일   정부, 1950년 육군 3사단이 최초로 38선을 넘어 북진한 날인
　　　　　　10월 1일을 국군의 날로 제정.

9월 28일   장면 부통령, 민주당 전당대회서 피격(경상).

9월 29일   한국전쟁 참전 16개국 휴전감시위원단 한반도 철수 결정.

10월 6일   한미우호통상조약 체결.

11월 6일   아이젠하워, 미국 대통령에 재선.

11월 22일   1956년 하계 올림픽 개막.

12월 18일   일본, 유엔 가입.

12월 23일   극동방송 개국.

◆ 1957년

1월 5일   연희대학교가 연세대학교로 교명 변경.

7월 29일   국제원자력기구 설립.

8월 21일   소련, 대륙간탄도탄(ICBM) 실험에 성공.

8월 31일   말레이시아, 영국에서 독립.

9월 1일   이승만 대통령 양아들 사칭 사건의 범인 검거.

9월 9일   미국, 흑인 투표권 보장.

9월 15일   AFN Korea(AFKN) TV 방송 개시(채널 2).

10월 4일   소련, 세계 최초 인공위성 스푸트니크 1호 발사.

11월 3일   소련, 세계 최초로 동물(개)을 실어서 우주로 보냄.

◆ 1958년

1월 12일   진보당 조봉암 사건 발발. 민의원(국회의원) 선거를 앞두고
여당인 진보당 간부들을 국가보안법 위반으로 체포한
사건으로, 진보당 총재인 조봉암은 다음 날 자진 출두.

2월 16일   창랑호 납북 사건 발발. 민항기가 북한 공작원에 의해 납치되
어 평양순안국제공항에 강제 착륙.

3월 8일   창랑호 승객 및 승무원 한국 귀환(납치범 추정자 외 전원).
기체는 반환되지 않음.

4월   서울 충무로에 대형 영화관 대한극장 개관.

6월 8일   스웨덴에서 제6회 FIFA 월드컵 개막.

8월 17일   미국, 우주 탐사선 파이어니어 0호를 발사했으나 추락.

8월 23일   타이완에 중화인민공화국이 포격을 가한 진먼 포격전 시작
(~10월 5일).

10월 1일   태국과 국교 수립.

◆ 1959년

4월 15일   국내 최초의 민간 상업 방송 부산문화방송(라디오) 개국.

4월 30일   정부, 경향신문 폐간 명령. 다음 해 4월 27일 복간.

7월 31일   진보당 조봉암 사형 집행. 그의 간첩죄는 2011년 1월 20일 대
법원의 재심을 통해 무죄가 선고됨.

8월 10일   씨 없는 수박으로 유명한 농생물과학자 우장춘 박사 사망(지병).

8월 13일   북한과 일본, 재일교포 북송 협정에 조인.

8월 21일   하와이, 미국의 50번째 주로 편입.

9월 15일   흐루쇼프(흐루시초프) 소련 공산당 서기장 미국 방문.

9월 15일   태풍 사라 발생. 사망·실종 849명, 부상자 2533명으로 대한
민국 정부 수립 이래 최대의 자연재해로 기록.

11월 16일   능의선(능곡–의정부) 기공식.

◆ 1960년

2월 28일	이승만 독재에 항거한 2.28 대구 학생의거 발발.
3월 15일	자유당(여당), 3.15 부정선거 자행.
4월 19일	4.19 혁명.
4월 26일	대통령 이승만 하야.
6월 15일	제2공화국 헌법안 가결(내각책임제로 개헌).
8월 12일	윤보선 4대 대통령 취임. 국무총리에 장면.
8월 25일	제17회 로마 올림픽 개막.
9월 6일	일본 친선사절단 내한.
9월 14일	석유수출국기구(OPEC) 결성.
10월 12일	서울특별시에 효창운동장 개장.
11월 7일	미국 35대 대통령 존 F. 케네디 당선.
12월 30일	윤보선 대통령, 대통령 관저를 경무대에서 청와대로 개명.

◆ 1961년

1월 31일	장면 국무총리 민주당 탈당 후 무소속 전향.
4월 12일	소련의 유리 가가린이 세계 최초로 유인 우주 비행.
4월 30일	국무총리에 이어 윤보선 대통령도 탈당 후 무소속 전향. 여당이 없는 정치 혼란 야기.
5월 16일	5.16 쿠데타 발발로 군정 실시.
8월 10일	한국표준시를 일본표준시에 맞춰 30분 앞당김.
8월 13일	독일 베를린 시에 장벽 설치.
8월 15일	농업협동조합 발족.
8월 16일	한국경제인협회(전국경제인연합회의 전신) 발족.
10월 15일	대한방송 텔레비전 폐국.
12월 2일	문화방송(MBC) 라디오 방송 개국.
12월 31일	한국방송공사(KBS) 텔레비전 본방송 개시.

◆ 1962년

3월 26일	최초의 국영 항공사 대한항공공사 창립.
8월 5일	미국 배우 마릴린 먼로 사망.
8월 17일	장면 총리, 군사정권에 의해 반혁명음모 관련 혐의로 불구속 기소.
9월 4일	대한민국 증권시장 개장.
10월 22일	쿠바 미사일 위기 발발.
11월 2일	소련의 철수로 쿠바 미사일 위기 종식.
12월 1일	단지형 아파트의 효시인 마포아파트(서울) 준공.
12월 17일	개헌 찬반 국민투표 실시. 개헌을 국민투표에 붙인 최초의 사례.

◆ 1963년

1월 1일	부산직할시 설치.
	KBS TV 상업 광고 방송 개시.
8월 30일	박정희 국가재건최고회의 의장 민주공화당에 입당.
9월 1일	철도청 발족.
9월 15일	한국 최초의 인스턴트 라면 삼양라면 발매.
9월 30일	구한말 헤이그특사로 활동 중 순국한 이준 열사의 유해가 56년 만에 네덜란드서 돌아와 서울 수유리에 안장.
10월 14일	캐나다와 국교 수립.
10월 15일	제5대 대통령 선거에서 박정희 당선.
11월 22일	미 대통령 케네디 암살.
12월 11일	바티칸시국과 국교 수립.
12월 17일	대한민국 제3공화국 출범.

◆ 1964년

4월 5일 전 유엔군 총사령관 맥아더 사망. 서울 빈소에 조문 행렬.

5월 9일 동양방송(라디오) 개국.

6월 3일 한일국교 협상에 반대하는 6.3 항쟁으로 서울시 일원에 비상
        계엄령 선포.

8월 2일 북베트남의 어뢰정이 미국 구축함을 공격한 통킹만 사건 발발.

8월 24일 중앙정보부, 통일혁명당 지하 간첩단 사건 수사 발표.

9월 22일 대한민국 군사원조단 140명 베트남 도착.

10월 1일 일본, 고속철도 신칸센 운행 개시.

10월 10일 제18회 도쿄 올림픽 개막.

10월 16일 중화인민공화국, 첫 핵실험 실시.

12월 7일 동양방송 텔레비전 개국.

◆ 1965년

6월 22일 한일기본조약(한일협정) 조인.

7월 19일 이승만 전 대통령 망명지 하와이에서 사망. 이후 김포공항을
        통해 귀환하여 장례식 후 동월 27일 현충원 안장.

8월 7일 미국, '통킹만 결의' 의결. 베트남에 대한 공개 군사 개입 시작.

8월 9일 싱가포르, 말레이시아에서 독립.

8월 12일 야당 국회의원 61명 한일협정에 반대해 의원직 사퇴서 제출.

8월 13일 야당 불참 속 베트남 파병 동의안 가결.

8월 14일 야당 불참 속 한일협정 비준 동의안 가결.

8월 26일 한일협정 반대 시위로 인해 서울에 위수령 발동.

9월 18일 경인선(영등포-인천) 복선 개통.

9월 22일 중앙일보 창간.

10월 9일 한국군 첫 전투부대(청룡부대) 베트남 도착.

◆ 1966년

2월 28일 수산청 발족.

3월 3일 국세청 설립.

5월 10일 한국독립당 내란음모사건으로 구속된 김두한 의원 등 재판에서 무죄 선고.

5월 24일 박정희 정권과 삼성 이병철 회장이 공모한 사카린 밀수 사건 발각.

8월 3일 산림청 발족.

8월 11일 베트남전에 참전한 청룡부대 이인호 대위가 베트콩이 던진 수류탄을 몸으로 덮쳐 소대원들을 구하고 전사.

8월 15일 베트남 냐짱에 주월 한국군 야전사령부 설치.

8월 18일 중국, 마오쩌둥의 홍위병 100만 명이 톈안먼 광장에 집결.

9월 22일 국회의원 김두한이 사카린 밀수 사건에 대한 항의로 국무위원들에게 오물을 던진 국회오물투척사건 발생.

9월 30일 서울 광화문 지하도 개통.

10월 2일 간호사 251명, 서독에 첫 파견.

10월 3일 서울 명동 지하도 개통.

◆ 1967년

4월 1일 서울 구로구에 구로수출산업단지 준공.

5월 3일 제6대 대통령 선거에서 박정희 후보 당선.

8월 9일 제1차 한일각료회담 개막.

9월 23일 한국 최초의 유료 도시고속도로인 강변1로(한강대교–영등포) 개통.

10월 3일 포항종합제철 기공식.

12월 19일 한국 최초의 국립공원으로 지리산 지정.

12월 29일 현대자동차 설립.

◆ 1968년

1월 21일	북한 무장공비(김신조 외)의 청와대 기습 미수 사건 발발.
1월 23일	북한, 미 해군 정찰함 푸에블로호 나포.
2월 7일	경전선 전 구간 개통.
4월 1일	국영 포항종합제철 창립.
4월 30일	김수환 대주교 추기경에 임명.
5월 3일	소르본대학 학생 시위를 기점으로 파리의 68 혁명 시작.
8월 20일	소련군, '프라하의 봄'을 진압하기 위해 체코슬로바키아 침공.
8월 31일	이란 동북부에 대지진, 1만 2천여 명 사망.
9월 9일	제1회 한국무역박람회 서울 개막.
9월 28일	서울 북악스카이웨이 개통.
10월 30일	울진·삼척 무장 공비 침투 사건 발생.
11월 6일	베트남 평화협상 시작(제네바).
11월 30일	서울시, 노면전차 운행 중단.
12월 5일	국민교육헌장 발표.

◆ 1969년

7월 20일	미국, 아폴로 11호로 달에 인간을 착륙시킴.
8월 8일	MBC TV 개국.
9월 14일	박정희 대통령 3선을 위한 개헌안과 국민투표법안 국회 변칙 통과.
10월 7일	한국 최초의 다목적댐 진주 남강댐 준공.
10월 15일	미국에서 대규모 베트남 반전 시위 발생.
10월 17일	3선 개헌안에 대한 국민투표 시행.
12월 11일	대한항공 YS-11기 피랍 사건 발생.
12월 25일	서울에 제3한강교 개통.
12월 29일	울산고속도로 개통.

◆ 1970년

3월 31일   일본 테러리스트들이 일본 여객기를 납치해 북한으로 도주한 요도호 사건 발생.

4월 8일   서울에서 와우아파트가 무너져 33명 사망.

7월 7일   경부고속도로 전 구간 개통.

8월 15일   병무청 발족.
서울 남산1호터널 개통.

9월 4일   태풍 빌리로 대규모 피해 발생. 사망 및 실종자 30여 명.

9월 29일   문화공보부가 김지하의 시 〈오적〉을 문제 삼아 월간지 《사상계》의 등록을 취소하는 오적 필화 사건 발생.

10월 17일   원주 삼광터널 열차 충돌 사고로 수학여행에 나선 학생 등 14명이 사망.

11월 13일   전태일, 근로기준법 준수 외치며 분신.

11월 30일   100원 주화 첫 발행.

12월 15일   남해안에서 남영호 침몰 사고로 326명 사망.

◆ 1971년

4월 27일   제7대 대통령 선거로 박정희 후보 당선.

8월 23일   실미도 사건 발생. 특수부대원들이 서울에서 군경과 교전.

9월 8일   국토종합개발계획 발표.

9월 22일   판문점에 남북직통전화 개설.

10월   국내 첫 민간 고층아파트인 여의도시범아파트에 입주 시작.

10월 17일   10.17 비상조치(10월 유신) 발표. 국회 강제 해산 등 헌법의 일부 기능을 정지시키고 전국에 비상계엄령 선포.

10월 21일   중화인민공화국이 유엔의 중국 대표권 획득. 대만의 중화민국은 권리 박탈 후 탈퇴.

12월 25일   서울 대연각호텔 화재로 163명 사망.

◆ 1972년

4월 22일	최초로 지상파 TV로 미스코리아 선발 실황 중계.
8월 9일	문화공보부, '국기에 대한 맹세' 교육 실시.
8월 11일	미국의 마지막 지상 전투 부대가 남베트남에서 철수.
8월 30일	제1차 남북 적십자 회담 평양에서 개최.
9월 5일	검은 구월단에 의한 뮌헨 올림픽촌 테러 사건 발생.
9월 29일	일본, 중일공동성명 조인. 중화민국(대만)과 외교 관계 단절.
10월 17일	계엄포고 1호로 이른바 '10월 유신' 시작.
11월 21일	유신헌법에 대한 국민투표(투표율 91.9%, 찬성률 91.5%).
12월 23일	니카라과 수도 마나과 일대에서 지진이 일어나 약 5만명 사망.
12월 27일	유신헌법 공포, 박정희 제8대 대통령 취임. 북한에서는 김일성을 국가주석 겸 중앙인민위원회 위원장으로 추대.

◆ 1973년

1월 27일	미국, 파리평화조약 조인으로 베트남 전 개입 종결.
3월 3일	한국방송공사(KBS)가 공영방송으로 출범.
3월 30일	어머니날을 어버이날로 개칭.
5월 5일	서울 어린이대공원 개장.
6월 12일	1만원권 지폐 발행.
7월 1일	안양시 및 성남시 설치.
7월 20일	배우 이소룡 사망.
8월 8일	김대중 납치 사건 발발.
10월 2일	소양강 다목적댐 준공.
10월 16일	태백선 전구간 완전 개통.
12월 3일	제1차 에너지 파동으로 텔레비전 아침방송 중단.

◆ 1974년

4월	오리온 초코파이 첫 발매.
8월 9일	워터게이트 사건으로 닉슨 미국 대통령 사임.
8월 15일	박정희 대통령의 부인 육영수 피격 사망.
	경부선 새마을호 운행 개시.
	서울 지하철 1호선 개통.
8월 22일	신민당, 당수에 김영삼 의원 선출.
8월 23일	박정희 대통령, 긴급조치 1호 및 4호 해제.
9월 16일	조선민주주의인민공화국, 국제원자력기구(IAEA) 가입.
9월 23일	천주교 정의구현전국사제단 결성.
11월 15일	유엔군, 비무장지대에서 땅굴을 발견했다고 발표.

◆ 1975년

2월 12일	유신헌법 찬반을 묻는 국민투표 실시. 부정투표 논란 속에서 73% 찬성.
3월 19일	비무장지대에서 제2땅굴 발견.
4월 30일	남베트남 패망. 베트남 전쟁 종결.
8월 6일	대한민국 유엔 가입안 부결.
8월 15일	여의도 국회의사당 준공.
8월 17일	독립운동가이자 유신독재에 반대하던 정치인 장준하 의문사.
9월 2일	서울 여의도에서 전국중앙학도호국단 대규모 발단식.
9월 15일	조총련계 재일한인 700명, 추석 성묘 모국 첫 방문.
9월 21일	영화배우 허장강 사망.
9월 22일	민방위대 창설.
10월 8일	55일 동안 17명 죽인 연쇄 살인범 김대두 경찰에 체포.
10월 14일	'부처님 오신 날'과 '어린이날' 공휴일로 제정.

4월 1일   미국 기업 애플 창사.

4월 17일   용인자연농원(현 에버랜드) 개장.

7월 4일   테러리스트에게 납치된 프랑스 여객기를 구출하기 위한
이스라엘군의 엔테베 작전 실행.

7월 24일   애니메이션 〈로보트 태권V〉 개봉.

8월 1일   제21회 몬트리올 올림픽서 레슬링 선수 양정모, 해방 후 첫
올림픽 금메달 획득.
김해국제공항 개항.

8월 18일   판문점 도끼 만행 사건 발발.

9월 9일   중국 국가 주석 마오쩌둥 사망.

11월 1일   KBS 여의도 사옥(본관) 준공.

◆ 1977년 ─────────────────────────────────────

6월 16일   한국계 미국인 물리학자 이휘소 박사 사고사.

8월 4일   당시 세계 최대 단일 비료공장이었던 남해화학 여수공장 준공.

8월 16일   미국의 가수 엘비스 프레슬리 사망.

8월 20일   국내 첫 원자력 발전소 고리 1호기 송전 시작.

9월 5일   미국, 태양계 무인탐사선 보이저 1호 발사.

9월 6일   일본과 북한, 민간어업협정 체결.

9월 6일   미국에서 코리아게이트 발생으로 의회 로비스트 박동선 기소.

9월 15일   고상돈, 에베레스트 산 등정 성공.

9월 28일   일본 적군파, 156명 탑승한 JAL기 납치.

10월 18일   KBS TV 〈전설의 고향〉 방송 개시.

11월 11일   이리역(현 익산역) 폭발 사고 발생. 1만 명에 이르는 이재민
발생.

12월 25일   영화배우 찰리 채플린 사망.

◆ 1978년

1월 14일 영화배우 최은희, 홍콩에서 납북.
4월 14일 서울 세종문화회관 개관.
4월 20일 기기 이상으로 소련 영공에 들어간 대한항공 902편 격추 사건 발생.
8월 12일 중국과 일본, 평화우호조약 조인.
8월 30일 부산에서 제24회 국제기능올림픽 개막.
9월 16일 이란에서 대지진 발생, 1만 5천여 명 사망.
10월 5일 자연보호헌장 선포.
10월 7일 홍성 지진(리히터 5.0) 발생.
10월 17일 제3땅굴 발견.
11월 18일 가이아나의 신흥종교 인민사원에서 집단 자살 사건 발생.

◆ 1979년

3월 28일 미국 스리마일섬 원자력 발전소 사고 발생.
8월 9일 회사 폐업에 반발한 노동자들이 신민당 당사에서 농성을 벌인 YH사건 발생.
8월 25일 태풍 쥬디로 인해 사망·실종자 136명 발생.
10월 4일 김영삼 국회의원 제명. 이는 부마 항쟁의 계기가 됨.
10월 7일 김형욱 전 중앙정보부장, 파리서 실종.
10월 16일 유신체제에 반대하는 부마민주항쟁 발발.
　　　　　　한강에 성수대교 개통.
10월 26일 박정희 대통령, 술자리에서 피격 사망.
11월 3일 박정희 대통령 국장.
11월 6일 계엄사, 박정희 대통령 살해 사건 전모 발표.
12월 6일 대한민국 제10대 대통령으로 최규하 취임.
12월 7일 긴급조치 9호 해제.
12월 12일 12.12 쿠데타 발생.

◆ 1980년

1월 30일	부산대교 개통.
4월 21일	사북탄광 유혈 노사 분규인 사북 사건 발생.
5월 17일	신군부, 전국 비상계엄선포 및 전 대학 휴교령. 김대중 등 재야 인사 체포.
5월 18일	5.18 광주 민주화 운동 발발.
5월 20일	신군부의 계엄 확대 조치에 반대하여 국무총리 신현확 사임.
7월 30일	7.30 교육 개혁 조치로 과외 금지 시행.
8월 4일	대규모 숙청 작업인 삼청 계획 발표.
8월 16일	최규하 대통령 하야.
8월 21일	전군주요지휘관회의, 전두환을 국가원수로 추대키로 결의.
8월 27일	전두환, 통일주체국민회의에서 11대 대통령에 당선.
9월 17일	계엄사 보통군법회의, 야당 지도자 김대중에 내란음모 혐의로 사형 선고.
9월 29일	제8차 개정 헌법(제5공화국 헌법) 공포.
10월 27일	10.27 법난 발생. 계엄사가 전국 사찰에 군경을 동원해 불교인 약 2천 명을 검거.
11월 6일	조치훈, 일본 바둑 '명인' 타이틀 획득.
11월 14일	정부, 언론통폐합 조치 발표.
12월 1일	TV 컬러 방송 개시.

◆ 1981년

3월 3일	전두환, 제12대 대통령 취임.
5월 14일	경부선 경산 열차 추돌사고로 사상자 300여 명 발생.
8월 1일	해외여행 자유화 및 새여권법 발효.
8월 21일	제5차 경제개발 5개년 계획 발표.
9월 19일	신안 해저 유물 2500여 점 인양.

◆ 1982년 ─────────────────────

1월 5일 야간통행금지 해제.

1월 22일 전두환 정부, 민족화합민주통일방안 발표.

3월 27일 한국프로야구 개막 경기.

4월 2일 포클랜드 전쟁 발발.

4월 26일 경상남도에서 경찰관이 무기를 이용해 하룻밤 새 95명의 사상자 발생(우 순경 사건).

5월 20일 검찰이 이철희 장영자 어음 사기 사건 수사 결과 발표.

6월 12일 500원 주화 첫 발행.

◆ 1983년 ─────────────────────

1월 11일 나카소네, 현직 일본 총리로는 최초로 한국 공식 방문.

2월 25일 북한 공군 소위 이웅평이 미그19 전투기를 몰고 귀순.

4월 14일 제1회 천하장사씨름대회 개최.

6월 30일 KBS 제1TV, 이산가족 찾기 방송 시작. (~11월 14일)

8월 6일 여의도에 6.25 이산가족 상봉을 위한 '만남의 광장' 개설.

8월 7일 중공군 조종사 손천근이 미그21기 몰고 남하해 귀순(이후 대만으로 망명).

8월 21일 필리핀의 야당 지도자 아키노 마닐라 공항에서 피살.

8월 27일 대한민국, 국제기능올림픽 5연패.

9월 1일 대한항공 007편이 소련 상공에서 격추되어 탑승객 269명 전원 사망.

9월 9일 고리 원전3호기 준공.

10월 9일 미얀마에서 아웅산묘역 폭탄 테러 사건 발발. 고위 공직자 등 17명 순직.

◆ 1984년

1월 14일 부산 대아관광호텔 화재 발생으로 38명 사망.

5월 1일 과천 서울대공원 개원.

5월 22일 서울 지하철 2호선 전 구간 개통.

8월 31일 태풍 준으로 인해 10만여 명의 수재민과 사망·실종 339명 발생.

9월 6일 대통령 전두환, 국가원수로는 처음으로 일본 방문.

9월 15일 유리 겔라 방한으로 초능력 붐.

9월 29일 서울 잠실 올림픽 주경기장 개장.

10월 18일 진도대교 개통.

12월 19일 영국과 중국, 홍콩 반환 협정에 조인.

◆ 1985년

8월 27일 남북적십자 제9차 본회담, 평양 인민문화궁전에서 개최.

9월 20일 남북한 고향방문단과 예술공연단, 서울과 평양 교환 방문.

9월 21일 서울과 평양에서 분단 이후 처음으로 남북 이산가족 상봉 개최.

9월 22일 G5 경제선진국, 플라자 합의 의결.

9월 25일 남북 국회회담 제2차 예비접촉 판문점에서 개최.

9월 30일 당시 한국 최고층인 63빌딩 준공식.

10월 10일 미국 영화배우 율 브린너 사망.

10월 12일 서울대학교 의과대학 연구팀, 한국 최초로 시험관 아기 출산 성공.

10월 18일 서울 지하철 3호선과 4호선 동시 개통.

11월 3일 한국 축구 국가대표팀이 32년 만에 FIFA 월드컵 본선 진출.

◆ 1986년

1월 28일 미국 우주왕복선 챌린저 폭발 사고.
4월 15일 미국, 리비아 공습.
4월 26일 소련 체르노빌 원자력 발전소 4호기 폭발.
7월 3일 부천경찰서 성고문 사건 발생.
8월 4일 독립기념관, 화재 발생으로 개관 연기.
9월 1일 외국산 담배 시판 시작.
9월 7일 승려 2천여 명, 해인사에서 불교 악법 철폐 시위.
9월 14일 김포국제공항에서 폭발물 테러 발생하여 5명 사망.
9월 15일 화성 연쇄 살인 사건의 첫 번째 사건 발생.
11월 1일 광주직할시 설치.
11월 26일 북한 금강산 댐에 대응한다는 이른바 '평화의 댐' 건설 발표.

◆ 1987년

1월 14일 서울대생 박종철이 경찰에 의한 고문으로 사망.
3월 22일 부산 형제복지원 사건 발생.
6월 9일 독재 반대 시위 중 학생 이한열 최루탄에 직격, 이후 사망.
6월 10일 서울에서 대규모 반정부 시위 발발.
6월 29일 직선제 개헌 수락하는 6.29 선언 발표.
7월 15일 태풍 셀마로 사망·실종자 345명과 이재민 10만여 명 발생.
8월 19일 95개 대학교 학생, 전국대학생대표자회의(전대협) 결성.
8월 29일 오대양 집단 자살 사건 발생. 32명이 변사체로 발견됨.
9월 29일 통일민주당 김영삼 총재와 김대중 고문, 대통령후보 단일화 결렬.
10월 12일 국회, 대통령 직선제 개헌안 가결.
11월 29일 대한항공 858편 폭파 사건으로 탑승객 115명 전원 사망.
12월 16일 제13대 대통령 선거로 노태우 후보 대통령 당선.

◆ 1988년 ────────────────────────

4월 26일 제13대 국회의원 선거.

5월 15일 한겨레신문 창간.

7월 7일 남북 교류를 위한 7.7 선언 발표.

8월 4일 MBC뉴스데스크 생방송 중 정신병자가 뛰어들어 '내 귀에 도
청장치가 있다'고 외치는 방송 사고 발생.

8월 23일 미국, 포괄무역법안(슈퍼301조 포함) 서명.

9월 17일 서울 올림픽 개막.

10월 7일 7개항의 대북경제개방조치 발표.

11월 1일 서울 상주인구 천만 명 돌파.

11월 3일 국회 5공비리조사특별위원회 1차 청문회 개최.

12월 2일 영화관에서 애국가 상영 폐지 결정.

◆ 1989년 ────────────────────────

1월 1일 해외여행 전면 자유화 실시.

  대전직할시 설치.

1월 7일 일본 일왕 히로히토 사망 및 아키히토 즉위.

3월 16일 서울지하철 파업으로 2주일 동안 1호선을 제외한 지하철 마비.

5월 2일 동의대학교 사건으로 경찰관 18명 사상.

6월 4일 중국 톈안먼 사건 발발.

7월 1일 북한 평양에서 세계청년학생축전 개최. 한국 학생 임수경이 월
북 참가.

  전국민 의료보험 실시.

7월 27일 대한항공 803편 추락 사고로 79명 사망.

9월 11일 노태우 대통령, 국회에서 한민족공동체통일방안 제시.

11월 9일 베를린 장벽 붕괴.

11월 15일 올림픽대교 개통.

◆ 1990년

1월 22일	여당과 두 야당이 합당하는 3당합당 발표.
2월 9일	거대 여당 민주자유당 창당.
8월 2일	걸프 전쟁 발발.
9월 5일	제1차 남북고위급 회담 개최(서울).
9월 9일	한강대홍수로 사상자 163명, 이재민 18만 7200명 발생.
9월 10일	이란과 이라크, 이란–이라크 전쟁으로 단절됐던 양국 국교 재개 합의.
9월 30일	대한민국과 소련 수교.
10월 3일	독일 통일.
10월 13일	대통령 10.13 특별 선언으로 '범죄와의 전쟁' 선포.
10월 15일	제2차 남북고위급 회담(평양).
11월 1일	국군의 날·한글날, 공휴일에서 제외 결정.

◆ 1991년

2월 27일	걸프전 종전.
3월 26일	기초의회 의원 선거 시행으로 지방자치제 30년 만에 부활. '개구리 소년 사건' 발생.
4월 3일	화성 연쇄살인의 열 번째(마지막) 사건 발생.
4월 26일	반정부 시위 중 대학생 강경대, 경찰관에 의한 구타 치사.
8월 14일	위안부 피해자 김학순에 의해 일본군 위안부 강제 동원 사실이 처음으로 세상에 공개됨.
9월 17일	대한민국, 조선민주주의인민공화국, 유엔 동시 가입.
10월 17일	대구 나이트클럽 거성관 화재 사고로 16명 사망.
12월 13일	남북기본합의서 체결.
12월 9일	SBS TV 개국.
12월 25일	소련 공식 해체.

◆ 1992년

2월 1일	경기도 고양군이 일산 신도시 개발로 고양시로 승격.
2월 17일	올림픽체조경기장에서 열렸던 《뉴 키즈 온 더 블록》 공연 중 여고생 1명 압사.
3월 24일	제14대 총선 실시.
4월 29일	미국에서 LA 폭동 발발.
7월 31일	서울에서 신행주대교 붕괴.
8월 24일	중화인민공화국과 수교(중화민국과 단교).
9월 8일	자유로 준공.
10월 28일	다미선교회가 시한부종말론으로 소동.
10월 29일	마광수 교수, 소설 《즐거운 사라》가 외설이라는 이유로 구속.
12월 18일	14대 대통령 선거에서 민주자유당의 김영삼 당선.
12월 22일	베트남과 공식 수교.

◆ 1993년

1월 1일	체코슬로바키아 해체, 체코와 슬로바키아로 분리.
3월 1일	김영삼 대통령, 부패와의 전쟁 선언.
3월 12일	북한, 핵확산금지조약(NPT) 탈퇴 선언.
3월 28일	구포역 열차 전복 사고로 사망 78명, 부상 193명 발생.
7월 26일	아시아나항공 보잉737 여객기 추락으로 68명 사망.
8월 6일	대전엑스포 개막.
8월 9일	태풍 로빈 상륙으로 사망·실종 54명 발생.
8월 20일	경부고속전철, 차종으로 프랑스 TGV 선정.
10월 10일	서해페리호 참사로 292명 사망.
12월 12일	국립중앙박물관 개관.

◆ 1994년

1월 8일	남산1호 쌍둥이터널 개통.
3월 10일	서울 종로5가 지하통신구 화재 사고로 4일 간 통신 대란 발생.
4월 30일	북한의 여만철 일가 5명 귀순.
6월 10일	용산 전쟁기념관 개관.
6월~8월	서울, 최고 기온 38.4도라는 폭염 기록.
7월 8일	북한 김일성 주석 사망.
9월 1일	지하철 분당선 개통.
9월 17일	고속도로 버스전용차로제 실시.
9월 21일	연쇄살인범 지존파 체포.
10월 21일	성수대교 붕괴 사고 발생.
11월 20일	남산 외인아파트 폭파 철거.
12월 7일	서울 아현동 도시가스 폭발 사고 발생.

◆ 1995년

1월 1일	쓰레기 종량제 전국 실시.
1월 17일	일본 한신·아와지 대지진으로 6434명 사망.
3월 20일	일본 옴진리교가 도쿄 지하철에 사린 가스 살포.
4월 19일	미국 오클라호마주 폭탄 테러로 850여 명 사상자 발생.
4월 28일	대구 상인동 가스 폭발 사고로 300여 명 사상자 발생.
6월 29일	삼풍백화점 붕괴 사고로 1500명 이상의 사상자 발생.
7월 23일	씨프린스호가 태풍에 좌초되어 대규모 기름 유출 발생.
8월 11일	국민학교 명칭 초등학교로 변경 결정.
8월 15일	광화문의 조선 총독부 건물 폭파 철거 시행.
11월 16일	노태우 전 대통령, 재임 당시 비자금 조성 및 뇌물 수수 혐의로 구속. 헌정 사상 전직 대통령이 구속된 첫 사례.
12월 3일	전두환 전 대통령, 12.12 사태와 5.18 민주화운동 관련 구속.

◆ 1996년 ─────────────────────────────

1월 30일 지하철 일산선 개통.

3월 1일 국민학교를 초등학교로 변경 시행.

　　　　　　용인시, 양산시, 파주시 등 설치.

4월 7일 박찬호, 한국인 최초의 메이저리그 승리 기록.

5월 4일 경기도 고양시 일산 호수공원 개장.

7월 5일 최초의 복제 포유류(양) 탄생.

8월 26일 전두환, 노태우에게 각각 사형과 무기징역 선고.

9월 18일 강릉 지역 무장공비 침투 사건 발발.

11월 16일 살인과 강도를 일삼던 일명 막가파 일당 검거.

12월 30일 서강대교 개통.

12월 31일 당산철교 철거 시작.

◆ 1997년 ─────────────────────────────

1월 23일 한보그룹 부도.

2월 12일 황장엽 북한 최고인민회의상설회의 의장 망명.

2월 21일 프로 농구 출범.

4월 22일 진로그룹 부도.

6월 2일 한신공영그룹 부도.

7월 1일 홍콩, 중국으로 반환.

7월 15일 울산시, 울산광역시로 승격.

8월 6일 대한항공 801편 괌에서 추락하여 228명 사망.

10월 1일 개인휴대통신(PCS) 상용서비스 개시.

11월 21일 대한민국정부, 국제통화기금(IMF)에 구제금융 요청.

12월 19일 15대 대통령 선거에서 김대중 후보 당선.

12월 22일 전두환·노태우 특별사면복권으로 석방.

◆ 1998년

2월 12일   10개 종금사 영업인가 취소.

6월 16일   정주영 현대그룹 명예회장, 소 500마리를 몰고 판문점
통해 방북.

10월 7일   김대중 대통령 일본 방문.

10월 19일   기아자동차, 현대자동차에 낙찰.

10월 20일   일본 영화 수입 등 제1차 일본 대중문화 개방 발표.

11월 18일   첫 금강산관광유람선 출항.

11월 26일   이른바 대도 조세형 16년 만에 출소.

◆ 1999년

6월 15일   서해에서 남북 경비정 간 총격전 발발(제1연평해전).

6월 30일   씨랜드청소년수련원 화재로 유치원생 등 23명 사망.

7월 16일   탈옥수 신창원 2년 5개월 만에 검거.

8월 7일   대한민국 첫 냉동 난자 수정 아기 탄생.

8월 16일   대우채권단, 사실상 대우그룹 해체 결정.

8월 17일   터키에 진도 7.8 지진 발생으로 3만여 명 사상.

9월 10일   일본 대중문화 2차 개방 발표.

9월 16일   플라스틱 주민증 발급 시작.

10월 4일   월성3호기 원자로 누설로 작업자 22명 방사능 피폭.

10월 6일   인천지하철 1호선 개통.

10월 16일   상록수 부대 동티모르에 파병.

10월 30일   인천 인현동 호프집 화재로 52명 사망.

12월 31일   2000년 1월 1일로 넘어갈 때 컴퓨터의 오류로 인한 대규모
사회 문제가 일어날 수 있다는 '밀레니엄 버그'가 우려되었으나
큰 문제 없이 넘어감.

◆ 2000년

1월 3일	여성부 신설.
2월 9일	미군 용산기지에서 독극물 223리터를 무단 방류.
6월 4일	평양교예단, 잠실 실내체육관에서 공연.
6월 13일	김대중 대통령과 김정일 국방위원장, 평양에서 1차 정상회담.
7월 1일	의약 분업 시행.
8월 1일	서울지하철 7호선 완전 개통.
8월 15일	남북한 이산가족 200명, 서울과 평양에서 상봉.
11월 10일	국내 최대 길이 서해대교 개통.
11월 14일	완행열차 비둘기호 운행 종료.
11월 20일	인천국제공항고속도로(영종대교) 개통.
12월 1일	김대중 대통령, 노벨평화상 수상.

◆ 2001년

1월 1일	축구 국가대표팀 감독에 히딩크 선임.
3월 29일	인천국제공항 정식 개항.
4월 3일	일본의 왜곡 역사 교과서 검정 통과.
5월 29일	올림픽대교 공사 중 헬리콥터 추락 사고.
7월 15일	집중호우로 서울 지하철 7호선 5개 역 침수, 17일까지 운행 중단.
8월 23일	IMF구제금융 최종 잔액을 상환하면서 IMF관리체제 종료.
9월 11일	뉴욕 9.11 테러로 3000여 명 사망.
9월 21일	대우자동차, 미국 GM에 매각(MOU 체결).
10월 15일	고이즈미 일본 총리, 서대문독립공원을 방문하여 일본의 식민 지배에 반성과 사죄의 뜻 표명.
10월 26일	일제가 철거한 경복궁 흥례문, 복원 낙성식.
12월 21일	서해안고속도로 전구간 개통.

◆ 2002년

1월 1일 EU, 공식적으로 유로화 사용 시작.

2월 25일 철도, 가스, 발전 공동파업으로 2월 28일까지 열차 운행 중단.

5월 31일 한일 FIFA월드컵 개막(한국 4위로 폐막).

6월 13일 미군 장갑차에 의한 여중생 압사 사고 발생.

6월 29일 제2연평해전 발발.

8월 30일 제2차 남북경제협력추진위원회, 경의선·동해선 철도 및 도로 연결 착공 관련 8개 항목 합의.

8월 31일 태풍 루사로 사망·실종 246명 발생.

9월 8일 남북적십자사, 금강산 지역에 이산가족 면회소 공동 설치 등 6개항 합의 발표.

9월 26일 이른바 개구리 소년 사건 초등학생 5명의 유골을 11년 만에 발견.

10월 12일 발리 폭탄 테러로 202명 사망.

12월 18일 대통령 선거 투표 8시간을 앞둔 오후 10시 정몽준이 노무현과의 선거 공조 파기.

12월 19일 대한민국 대통령 선거에서 노무현 후보 당선.

◆ 2003년

1월 6일 국내 최장 현수교 부산 광안대교 개통.

2월 18일 대구 지하철 화재 참사 발생으로 192명 사망.

2월 23일 일반인 대상 금강산 육로 관광 첫 실시.

8월 4일 정몽헌 현대아산 이사회장 투신 자살.

8월 25일 정부, 신용 불량자 81만 명 구제 대책 발표.

8월 29일 주5일 근무제를 골자로 한 근로기준법 개정안 국회 통과.

9월 13일 태풍 매미로 사망·실종 132명 발생.

◆ 2004년

2월 12일	사이언스지, 황우석 박사 팀의 배아 줄기세포 생산 성공 발표.
3월 12일	노무현 대통령 탄핵 소추안 국회 통과.
3월 23일	MBC 드라마 〈대장금〉 종영.
4월 1일	KTX 개통.
4월 15일	제17대 국회의원 선거 실시.
5월 14일	헌법재판소, 노무현 대통령 탄핵 소추안 기각.
7월 18일	20명을 살해한 연쇄살인범 유영철 체포.
7월 27일	탈북자 468명 집단 입국.
8월 25일	김영란, 한국 최초의 여성 대법관에 임용.
9월 5일	야구선수와 연예인들에 대한 병역비리 수사 시작.
10월 21일	헌법재판소, 행정수도 이전 특별법에 대해 위헌 판결.
12월 8일	국군, 이라크 파병.

◆ 2005년

2월 10일	북한, 핵보유 선언.
4월 5일	강원도 양양군의 산불로 낙산사 소실.
	식목일(60주년) 마지막 공휴일.
6월 19일	경기도 연천군의 부대에서 총기 난사 사건으로 장병 8명 사망.
7월 7일	영국 런던에서 폭탄 테러가 일어나 750여 명의 사상자 발생.
8월 30일	허리케인 카트리나로 미국 뉴올리언스에 막대한 피해 발생.
10월 28일	국립중앙박물관 개관.
12월 1일	평일 지상파 TV 낮 방송 재개.
	지상파 DMB 본 방송 개시.
12월 15일	진도대교 개통.
12월 16일	황우석 교수, 줄기세포 관련 논문 철회. 이후 논문 조작으로 판명.
12월 29일	대구 서문시장 화재 발생.

◆ 2006년

1월 1일 부동산 실거래가 신고제 시행.
새로운 5000원 지폐 통용.
1월 29일 현대미술가 백남준 사망.
7월 1일 제주도, 제주특별자치도로 승격.
10월 9일 북한, 함경북도 화포리에서 핵실험 실시.
10월 14일 반기문 당시 외교통상부 장관이 유엔사무총장으로 선출.
10월 26일 프로레슬링 선수 김일 사망.
12월 18일 무게 1.2g의 새로운 10원 동전 발행.

◆ 2007년

1월 9일 애플사에서 아이폰 첫 모델 공개.
1월 20일 오대산 지진 발생. 규모 4.8로 전국 대부분이 진동을 느낌.
1월 30일 김하나라는 가명으로 16억 통의 스팸메일을 발송한 2명 검거.
3월 12일 미국 2위의 서브프라임 모기지 대출회사 뉴센추리 파이낸셜
파산 선언. 세계적 금융위기의 시발이 됨.
4월 2일 한미자유무역협정 협상 타결.
4월 17일 대전 도시철도 1호선 완전 개통.
7월 25일 종합주가지수가 사상 처음으로 2000포인트 돌파.
8월 16일 서브프라임 모기지 사태로 인해 대한민국 증시 사상 최악 폭락.
9월 16일 학력 위조 혐의 신정아 교수 검찰에 연행. 이후 정부기관 및
민간에서 광범위한 학력 검증 붐이 일어남.
10월 2일 노무현 대통령 제2차 남북정상회담을 위해 평양 방문.
12월 19일 제17대 대통령 선거, 이명박 후보 당선.

◆ 2008년

1월 1일	호주제 폐지.
1월 14일	삼성 비자금 의혹 특검팀이 첫 압수 수색 실시.
2월 10일	국보 숭례문(남대문)이 방화로 인해 2층 전소.
4월 11일	광주 도시철도 1호선 완전 개통.
4월 18일	삼성 특검, 수사 결과 발표.
4월 22일	삼성 이건희 회장 퇴진, '삼성 경영 쇄신안' 발표.
5월 2일	미국산 광우병 소고기 수입에 반대하는 첫 촛불시위 개최.
5월 12일	중국 쓰촨성 대지진 발생. 사망자 6만 9000명 이상 발생.
7월 11일	금강산 관광객 피격 사건으로 1명 사망.
9월 15일	미국 투자은행 리먼 브러더스 파산 신청.
10월 2일	배우 최진실 자살.
10월 24일	종합주가지수 폭락으로 938포인트 기록.
11월 24일	원/달러 환율 1998년 이후 처음으로 1500원 돌파.
12월 28일	MBC, 정부의 방송 장악 반대 파업 선언.

◆ 2009년

1월 20일	서울 용산4구역 철거 현장에서 화재 사건 발생.
1월 24일	연쇄 살인범 강호순 검거.
4월 5일	북한, 은하2호 발사. 미국 등은 대륙간탄도미사일로 추정하고 이후 대북 제재 시작.
4월 30일	노무현 전 대통령, 검찰 소환 조사.
5월 23일	노무현 전 대통령, 자살.
6월 23일	5만원권 지폐 발행.
8월 18일	김대중 전 대통령, 서거.
10월 16일	인천대교 완공.

◆ 2010년

1월 4일 서울 및 중부지방에 기상 관측 이래 최대 폭설.

2월 26일 김연아, 동계올림픽 피겨 스케이팅 여자 싱글에서 한국 최초로 금메달 획득.

3월 18일 카카오톡 출시.

3월 26일 백령도 인근에서 해군 천안함 침몰.

4월 5일 MBC, 대규모 총파업.

8월 12일 패션 디자이너 앙드레 김 사망.

8월 15일 광화문 일반 공개.

9월 22일 수도권을 비롯한 중부에 집중 호우로 큰 피해.

11월 11일 서울에서 제5차 G20 서울 정상회의 개최.

11월 23일 북한에 의한 연평도 포격 사건 발생.

12월 13일 거가대교 완전 개통.

12월 20일 경춘선 전철화로 경춘선 무궁화호 운행 종료.

◆ 2011년

2월 10일 강원도 영동에 최고 1미터 넘는 폭설.

3월 12일 동일본 대지진의 영향으로 후쿠시마 제1원자력발전소 폭발.

4월 25일 종합주가지수, 사상 처음으로 2200포인트 돌파.

5월 2일 미국, 알카에다 지도자 오사마 빈 라덴 사살 공식 발표.

5월 14일 광주광역시의 무등산 정상 45년 만에 개방.

7월 27일 집중호우에 서울 우면산 산사태 발생, 주민 16명 사망.

8월 22일 북한, 금강산 국제관광특구 일방적 폐쇄 선언.

10월 5일 애플사의 스티브 잡스 사망.

10월 20일 독재자 카다피의 피살로 리비아 내전 종결.

11월 22일 한미자유무역협정 비준 동의안 국회 통과.

12월 17일 북한 김정일 국방위원장 사망.

◆ 2012년

3월 3일　주5일제 전면 시행.
3월 15일　한미 자유무역협정 발효.
4월 11일　북한, 김정은 당 제1비서로 추대.
5월 12일　여수 세계박람회 개최.
6월 23일　대한민국 인구 5천만 명 돌파.
6월 29일　목포대교 개통.
7월 27일　제30회 올림픽 런던 개최.
8월 10일　이명박 대통령 독도 방문.
11월 8일　중국, 당대회에서 차기 지도자로 시진핑 확정.
12월 19일　제18대 대통령 선거 실시, 박근혜 후보 당선.
12월 22일　싸이의 〈강남스타일〉 뮤직비디오 조회수 10억 돌파.
12월 31일　지상파 아날로그 방송 완전 종료.

◆ 2013년

1월 30일　한국 최초 우주발사체 나로호, 3차 시도 끝에 발사 성공.
2월 12일　북한, 풍계리에서 3차 핵실험 실시.
4월 3일　북한, 개성공단 진입 차단.
5월 4일　국보 숭례문, 성곽까지 복원을 마치고 재개장.
6월 13일　방탄소년단 데뷔.
7월 1일　민법상 성년 기준 연령을 만 20세에서 만 19세로 하향 조정.
10월 6일　영암군에서 열린 코리아 F1그랑프리 마지막 대회
　　　　　(2010~2013년).
10월 9일　한글날 공휴일로 재지정.
11월 27일　부산 영도대교, 47년 만에 도개교로 재개통.

◆ 2014년

1월 1일 전국에 도로명 주소 전면 사용.

2월 17일 경주시 마우나리조트 체육관 붕괴로 대학생 10명 사망.

4월 16일 진도군 해역에서 세월호가 침몰하여 299명 이상 사망.

5월 10일 이건희(74) 삼성그룹 회장, 급성심근경색으로 혼수상태.

8월 11일 통합진보당 이석기 의원, 항소심에서 내란선동과 국가보안법 위반 등으로 징역 9년형 선고.

9월 1일 경기도에서 초중고 9시 등교 시행.

9월 18일 서울 강남구 삼성동 한국전력공사 부지를 현대자동차그룹이 최종 낙찰 받음.

10월 4일 황병서, 최룡해, 김양건 등 북한 정권 실세 3인방이 인천아시안게임 폐막식에 전격 참석.

10월 27일 가수 신해철, 급성심근경색으로 사망.

11월 21일 책 할인율을 최대 15%로 제한한 도서정가제 시행.

12월 5일 대한항공 조현아 부사장의 이른바 '땅콩 회항' 파문.

12월 19일 헌법재판소, 통합진보당 강제해산 결정.

◆ 2015년

2월 26일 헌법재판소의 위헌 결정으로 62년 만에 간통죄 폐지.

3월 3일 부정청탁 및 금품등 수수의 금지에 관한 법률(이른바 김영란법)이 국회 통과.

3월 5일 리퍼트 주한 미국대사, 흉기 피습.

4월 9일 성완종 전 경남기업 회장 정계 비리 의혹 리스트를 남기고 자살.

5월 20일 메르스 1번 환자 확진. 이후로 메르스 사태 발생.

11월 3일 중·고교 역사교과서 발행 체제를 검정에서 국정으로 전환.

11월 22일 김영삼 전 대통령 서거.

12월 27일 위안부 문제, 한일 정부 간 타결. 위안부 당사자들은 크게 반발.

◆ 2016년

1월 6일 북한, 핵 실험.

2월 10일 정부, 전격적으로 개성공단 가동 전면 중단 발표.

3월 9일 바둑 인공지능 '알파고'와 이세돌 9단 대국.

5월 14일 가습기 살균제 사건 발생 5년 만에 옥시 신현우 전 대표 등 4명을 첫 구속.

7월 8일 한미 양국이 북한 도발에 맞서 사드(THAAD, 고고도미사일방어체계) 배치 결정. 이에 중국 강력 반발.

8월 31일 한진해운 법정관리 의결(다음 해 파산).

9월 12일 경주에 지진 관측이 시작된 이후 한반도에서 발생한 지진 중 가장 강력한 규모 5.8 지진 발생.

12월 9일 박근혜 대통령에 대한 탄핵소추안 국회 가결.

◆ 2017년

1월 20일 도널드 트럼프, 미국 제45대 대통령으로 공식 취임.

2월 13일 북한 김정은 위원장의 이복형 김정남 말레이시아에서 피살.

3월 10일 헌법재판소, 박근혜 대통령 파면 결정.

4월 11일 3년 만에 세월호 인양.

5월 9일 제19대 대통령 선거에서 문재인 후보 당선.

7월 15일 2018년 최저임금을 17년 만에 최대 인상치인 7530원으로 확정.

10월 1일 미국 라스베이거스에서 발생한 총격 사건으로 59명 사망 530명 부상.

11월 15일 포항에 규모 5.4 지진 발생으로 큰 피해가 발생하여 16일 예정 대입수능시험도 연기.

11월 29일 북한, ICBM급 화성15형 발사 후 '국가 핵무력 완성' 선언.

12월 21일 제천시 스포츠센터 화재로 29명 사망.

◆ 2018년

1월 1일	북한, 신년사에서 2018년 평창 동계 올림픽 참가 가능성 언급.
1월 29일	서지현 검사, 검찰 내부통신망에 성폭행 피해 사실을 올리면서 한국에 미투(Me Too) 운동이 시작됨.
2월 9일	강원도 평창군에서 2018년 동계 올림픽 개막.
3월 23일	이명박 전 대통령이 뇌물, 횡령 혐의로 구치소 수감.
4월 27일	남북 정상회담, 4.27 판문점 선언 채택.
4월 30일	49년만에 새마을호 퇴역.
5월 26일	전격 남북 2차 정상회담.
6월 12일	북미정상회담 싱가포르에서 개최.
7월 1일	300인 이상 기업에서 근로시간 주 52시간 시행.
9월 18일	평양에서 남북 3차 정상회담.
10월 24일	방탄소년단, 화관문화훈장 수여.

◆ 2019년

2월 27일	베트남 하노이에서 2차 북미정상회담 개최.
5월 1일	나루히토가 새로운 일왕으로 즉위.
5월 25일	칸영화제에서 봉준호 감독의 〈기생충〉이 한국영화 최초로 황금종려상 수상.
5월 29일	헝가리 유람선 침몰 사고로 한국 관광객 25명 사망.
6월 30일	판문점에서 남북미 세 정상 전격 회동.
7월 4일	일본, 반도체·디스플레이 핵심 소재 3개 품목에 대해 한국 수출 제한.
9월 18일	경찰, 이른바 화성연쇄살인사건의 진범 발표.
10월 14일	조국 법무부 장관, 임명 35일 만에 사임.
12월	중국 우한시에서 코로나19 발생, 전세계로 퍼지기 시작.

* 이 도서는 한국출판문화산업진흥원의
'2021년 출판콘텐츠 창작 지원 사업'의 일환으로
국민체육진흥기금을 지원받아 제작되었습니다.

편하게 쓰는
나의 **자서전**

초 판   2021년 9월 1일
저 자   윤덕주, 이성환
디자인   조희정
발 행   (주)엔북

(주)엔북
우)07631 서울시 강서구 마곡중앙로 56 마곡사이언스타워2 809호
전 화   02-334-6721~2
팩 스   02-6910-0410
메 일   goodbook@nbook.seoul.kr

신고 제 300-2003-161
ISBN 978-89-89683-64-3 03800

값 12,000원